集英社オレンジ文庫

京都岡崎、月白さんとこ

星降る空の夢の先

相川 真

本書は書き下ろしです。

目次

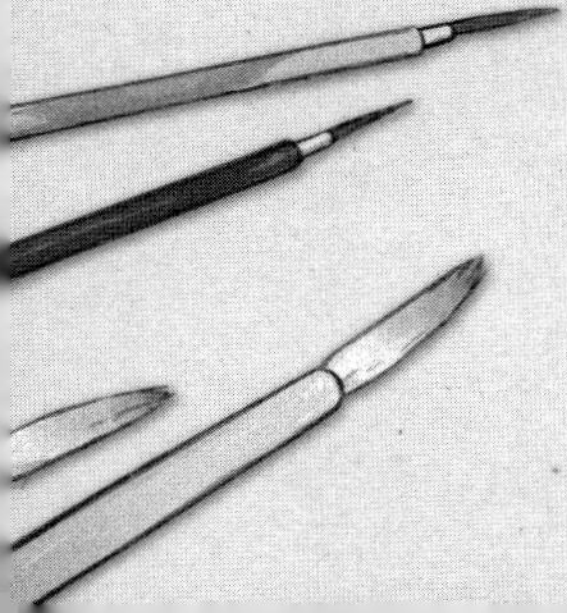

京都岡崎、
月白さんとこ
星降る空の夢の先

一　わたしの家族写真

1

春の夕暮れは騒がしい。

あちこちで小さな生き物がかさりと這《は》う音がする。風がさやさやと揺らすのは、石畳の隙間《すきま》からけなげに伸び上がってきた若い下草だ。小さな鳥の羽がぱたぱたと空を打ち、ざわりと枝をしならせて飛び上がる。

厳しい冬を終え、すべての生き物が身をよじらせて動きだす、春の音だ。

七尾《なな お》茜《あかね》は、橙《だいだい》に暮れる空を見上げて、春の青いにおいを胸いっぱいに吸い込んだ。

今年の春は例年より少しばかり早いようで、夕日に染まる庭の桜も、あちこちでほろほろと咲き初《そ》めている。

この花が満開になって、黄緑色の若芽が空にその葉を広げだすころ。

茜は高校三年生になる。

――京都《きょうと》、東山《ひがしやま》のふもとに、岡崎《おかざき》という場所がある。

広い空の下には、朱色の大鳥居がそびえる平安神宮《へいあんじんぐう》。かつての建築様式を残す図書館に美術館、動物園、四季折々の姿を見せる琵琶湖疏水《び わ こ そすい》と、京都の文化と自然と歴史を、ひとところに収めたような場所だった。

その平安神宮のほど近くに、月白邸《つきしろてい》と呼ばれる邸《やしき》があった。

白い塀《へい》に囲まれた広大な敷地には、黒々と艶《つや》めく瓦《かわら》を葺《ふ》いた日本家屋が、そして周囲には先を見通せないほど、うっそうと木々の茂る庭が広がっている。

七尾茜は一年と半年前の秋に、妹のすみれと二人でこの邸にやってきた。

数年前まで東京《とうきょう》の高円寺《こうえんじ》で両親と暮らしていた二人は、母が亡くなったのをきっかけに、父の故郷である京都の上七軒《かみひちけん》に移り住んだ。

そこで喫茶店を営む父と三人で暮らしていたのだが、茜が高校一年生、すみれが小学校一年生の春にその父も亡くなった。身寄りのない二人は、御所南《ごしょみなみ》にある叔父《おじ》の家に引き取られ、そしてその半年後、おととしの秋口のこと。

茜とすみれの姉妹は、この月白邸に引き取られたのだ。

それから自然にあふれたこの月白邸で、茜とすみれは愛《いと》おしい日々を生きている。

庭から石畳をたどって玄関の引き戸を開ける。靴を脱いで薄暗い廊下に上がったところで、すぐそばの暖簾《のれん》がぱっと跳ね上がった。

「――遅いよ、茜ちゃん！」

暖簾の向こうはリビングで、あかあかとともる光が廊下にあふれ出している。

そこからひょこりと顔をのぞかせているのは、この春に小学校三年生になる、妹のすみれだった。

長い髪をてっぺんで結い上げて、デニムのショートパンツにオーバー気味のニットを合わせている。なかなかかわいいと思うのは、身内のひいき目だろうか。

「茜ちゃん、ハムは？」

「ちゃんと買ってきたよ。コンビニが売り切れで、結局スーパーまで行っちゃった」

茜は手に持ったエコバッグを持ち上げた。今夜のメニューに必要だったのだけれど、冷蔵庫に見当たらなかったので、慌《あわ》てて買い足しに行ったのだ。

妹の後に続いて暖簾をくぐると、リビングはほっとするような、あたたかな光で満たされていた。

全面木造りのリビングは、庭に向かう掃き出し窓が全開になっている。ぶわりとカーテンが膨《ふく》らむと、まだ冷たく、けれど春のにおいをたっぷりと含んだ風が軽やかに抜けていった。

「茜ちゃん、おかえり」

テーブルのそばで、ぱたぱたとうちわを動かしていた青年が顔を上げた。

紀伊陽時《きいはるとき》だ。この邸に半ば居候《いそうろう》をしている青年だった。

目じりが甘く垂れた整った顔立ちは、見慣れた茜でもいまだにどきりとしてしまうほど美しい。たっぷりの蜂蜜を煮溶かしたような金色の髪が、さらりとその首筋をなぞっていくのが、なんだか妙に目に毒だった。

この金色の髪を、陽時は去年の夏に一度、黒に戻している。その後半年ほど茶色にしていたのだけれど、この冬ふたたび色を抜いて金色に染めた。そう何度も色を入れたり抜いたりするのは傷《いた》むからと、なじみの美容師に散々怒られたのを強引に押し切ったそうだ。

でも茜も、やっぱりこの色が一番いいなと思う。

太陽のような黄金の色がなによりこの人の色だと、そう思うから。

「陽時さん、うちわ係ありがとうございます」

「もう腕が限界だって」

陽時がわざとらしく唇を尖《とが》らせる。

薄くスライスした丸太を並べたようなテーブルには、大きなおひつに入ったご飯が盛られている。酢と柚子《ゆず》の甘い香りがした。

「すぐ用意しますね、もうちょっとお願いします」

茜はくすっと笑って、ぱたぱたと対面式になっているキッチンに駆け込んだ。

追うように陽時の声がした。

「あ、そうだ。そこ、頼まれてたお皿出しといたから」

「ありがとうございます」

具材を並べるために、大きな皿が一枚欲しいと陽時に頼んでおいたのだ。食器棚にちょうどいいものが見当たらなかったのである。

エコバッグから取り出したハムを片手に、茜はちらりと横に視線をやって——。

「うわ……」

思わず声が引きつった。

確かにそこには、頼んでいた大きな皿がどんと鎮座《ちんざ》している。

朱と金で細やかな文様が描かれ、隙間を青と緑が埋めている。中央には金色のうろこが輝く鯛《たい》が一匹、ぴちぴちと躍《おど》っていて、波の文様にはこれ見よがしに金粉《きんぷん》がちりばめられていた。

これは絶対に高いやつである。

黙り込んでしまった茜に、陽時がカウンターの向こうでうちわの手を止めた。気遣《きづか》わしげにこちらをうかがっている。

「あれ、もうちょっと大きいほうがよかった？　それが物置の一番手前にあったんだよね。探せば、古伊万里《こいまり》とか九谷焼《くたにやき》とかあったと思うけど」

「…………いえ、これで十分です」

問題は大きさではないのだが、これに輪をかけて豪華なものが出てきても困る。それにたとえどんなに豪奢《ごうしゃ》な皿であったとしても、今日は——手巻き寿司の具が置かれる運命なのだから。

桃色のハムと、朱色のにんじんはそれぞれ細切りに、その横の胡瓜《きゅうり》はさっと塩水にさらしてシャキシャキとした歯ごたえが楽しめるように。山吹《やまぶき》色の錦糸卵《きんしたまご》に、昼間から仕込んでおいたチャーシューは、こってりとした茶。仕上げに金色の胡麻《ごま》をまぶす。

サーモンとアボカド、マグロはすみれの、はまちは茜の、帆立《ほたて》は陽時の好物だ。

それから——。

「茜、鯛は？」

柔らかな京都の言葉が聞こえたかと思うと、のそ、とそばに影が落ちた。振り仰いだ先で、吹き込んでくる春の風に艶のある黒髪が揺れた。

百八十センチを超える長身で、瞳は漆黒《しっこく》、いつもどこか乏《とぼ》しいその表情が今は不満そうだとわかるのは、この人との付き合いもずいぶん長くなったからだ。

久我青藍《くがせいらん》。

この月白邸の家主《やぬし》である。

この春で二十八歳になる青藍は、日本画の絵師だ。

その腕は画壇でもたびたび話題になるほどで、青藍に絵を描いてほしいという依頼は引きも切らない。本人は人嫌いの引きこもりで仕事に対して偏食気味であり、気に入らないと依頼人を邸にも入れない。

その結果「新進気鋭の天才絵師」とも「人嫌いの変人絵師」とも呼ばれ、腕は素晴らしくいいけれど、本人の素行にやや問題あり、という扱いをされているようだった。

不愛想と乏しい表情のせいでいつも遠巻きにされているが、本当の人となりといえば、好物の鯛がないことに不満そうに視線をさまよわせる程度の、つまり案外普通で、それなりにかわいげのある人なのだと、茜はもう知っている。

「ちゃんとありますよ。近所のお魚屋さんにお願いしておいたんです」

茜は苦笑して、冷蔵庫からラップのかかった皿を取り出した。

月白邸ではときどき、季節の食材が送られてくることがある。

この邸にはかつてたくさんの住人がいた。彼らは今はここを離れてしまったが、一人残った青藍の不摂生《ふせっせい》な食生活を心配して、こうして米や野菜などの食材を届けてくれるのだ。

今朝がた冷凍便で届いた発泡スチロールの箱の中には、お頭付《かしらつ》きの鯛が一匹、どんと入っていた。それを昼間、近くの鮮魚店で刺身用にさばいてもらっておいたのだ。

「さすがに鯛一匹は、うちの茜ちゃんでも無理だったか」

うちわを置いて、取り皿やカトラリーを用意していた陽時が、カウンターの向こうで苦笑している。

「お魚丸ごと一匹は、まだちょっと……いつかできるようになりたいんですけど」

茜はむう、と悔しそうに唇を尖らせた。

この邸で、茜は食事の一切を担当している。

母が亡くなってから、家で食事を作っていたのは茜だったし、父が営んでいた上七軒の喫茶店では、よく手伝いとして代わりにキッチンに立っていた。父の淹《い》れるコーヒーは絶品だったが、元来不器用であったらしく、料理のほうはまったくだめだったのである。

月白邸に来てからも、茜はその役目を引き受けていた。

「任せられるところは、頼め。全部自分でやる必要はあらへん」

青藍が、やや呆《あき》れたようにぼそりと言った。

「……ぼくらも、任せっぱなしで悪いと思てる」

青藍にも陽時にも、家事の、特に料理の素養が一切ない。やればやるだけキッチンに被害が及ぶので、今は潔《いさぎよ》く諦《あきら》めて皿洗いなどの手伝いに終始してくれている。

茜は首を横に振って、ぐっとこぶしを握りしめた。

「お料理は任せてください。そのうち鯛の頭からしっぽまできれいにさばいて、懐石《かいせき》料理ぐらい作れるようになってみせます」

「……茜ちゃんなら、ほんとにできそうだね」

陽時は苦笑交じりだが、茜は本気である。

結局のところ、茜は料理が好きなのだ。

そしてこの対面キッチンから見える——この景色をなにより慈《いつく》しんでいる。

テーブルの上には豪華な皿に負けじと、色とりどりの食材が並んでいる。すみれがこっそり錦糸卵をつまみ食いしていて、妹に甘い陽時がこれもどうぞ、とそっとチャーシューをすすめている。

「すみれ、だめだよ。陽時さんも！」

びくっと肩を跳ね上げた二人がしゅんとその肩を落とし、二人そろって「ごめんなさい」とこちらに向かって頭を下げた。それがなんだかとてもおかしかった。

その隣では我関せずと、青藍が鯛の刺身をいそいそと皿の上に並べている。口元が緩《ゆる》んでいて、あれは楽しんでいるのだろう。

それを見つめながら、茜はコンロでさっと海苔《のり》をあぶった。皿に重ねて置くたびに、香ばしい海のにおいがふわりと漂う。その横に大葉と生姜《しょうが》、おろした山葵《わさび》を薬味として盛りつけた。

味噌汁は赤だしで、昼から砂を吐かせていた大粒のアサリがごろごろと入っている。瑞々《みずみず》しい三つ葉の緑が鮮やかだった。

四人分のコップとお茶を盆に用意していると、ふいに呼ぶ声が聞こえた。

「──茜」

具材が並べられて花束のようになった皿を持ち上げて、青藍がこちらを向いていた。大きな盆に汁物の椀や取り皿をのせた陽時と、その隣で酢飯のおひつを抱《かか》えたすみれが、わくわくと顔を輝かせている。

みんな、わたしを待っている。

「すぐ行きます」

この家族が好きだ。食卓が好きだ。わたしを呼んでくれる声が好きだ。

ここからみんなが笑っているのを見るのが、なにより一番大好きなのだ。

──今日の夕食の場は、母屋《おもや》から渡り廊下でつながった先、青藍の仕事場である離れの縁側だった。

そこから見える桜の木が、この庭でいま一番豊かに花を開いているからだ。

「お花見だね！」

おひつを置いたすみれが縁側にぴょん、と腰かけた。全員が座るのをそわそわと待っている。お茶を注いだコップを片手に、陽時がぐるっとみなを見回した。

「じゃあ、乾杯」

今日は夜桜のお花見兼、手巻き寿司パーティである。

さっそくすみれが、自分の手のひらより大きな海苔に、酢飯と好きな具材をのせ始めた。サーモンとアボカド、エビ、ハムと卵……。

「のせすぎじゃない？」

茜が肩をすくめると、すみれが「いいの！」と笑う。

その隣でマグロの手巻き寿司をほおばっていた陽時が、じろりと青藍に視線を向けた。

「おまえ、鯛ばっかり食うなよ」

「ええやろ、ぼくが何のせたかて」

うっとうしそうに言い捨てた青藍は、鯛と大葉を巻いた寿司をいくつも取り皿に作っていた。皿に並んだそれは、大葉の緑と鯛の薄桃色が美しく見えるように配置されている。

こういうところが青藍は妙に几帳面《きちようめん》なのだ。

それを横目に、茜も鯛を巻いた手巻き寿司を一口かじった。

とれたて産地直送であるらしい鯛は、その身にぎゅうぎゅうと弾力があって、噛むたびにじわりと甘味が口に広がる。酢飯に混ぜた柚子と、一緒に巻いた大葉の爽《さわ》やかな香りがすっと鼻に抜けた。

ちらりと隣をうかがうと、青藍がもぐもぐと口を動かしている。どこか満足そうに目を輝かせているそれは、少し前までなら考えられないほど柔らかで毒気のない表情だった。

「……うまいな」

「旬《しゅん》ですからね」

「ああ。もう、春やさかいなあ」

はらりと縁側に、桜の花びらが舞う。

青藍は茜たちが来るまで、食にも日々の営みにも過ぎ行く季節にも何の興味も示さない人間だった。酒に溺《おぼ》れ昼夜も逆転し、まるで壊れたような生活をしていたそうだ。

今でもときおり、その残滓《ざんし》が見え隠れすることがある。

一度ぐちゃぐちゃになってしまったそれを、今、青藍は一つずつ積みなおしているところだ。

自分の好きなものをおいしく食べる幸せを。日々誰かがそばにいて、いってきますにはいってらっしゃいを、ただいまにはおかえりを返す幸せを。

緩やかに過ぎ行く季節を、五感のすべてで感じる幸せを。

茜も、青藍たちとともに慈しんでいきたい。

「今年も、よう咲いたなあ」

吹き抜ける春の風に、淡い桃色の花びらに、ほろりとほころぶような笑みを浮かべる青藍を見ているとき。その膝《ひざ》にぴょんっと飛び乗ったすみれと、慌てる青藍をからかう陽時の軽やかな笑い声を聞いているとき。

心の中がくすぐったくなるようなこれを、幸せと呼ぶのだ。

春の空に輝くその星の名前は、スピカ。青く輝くおとめ座の一等星だ。

京都の中心部からはやや離れたこのあたりでも、空はいつも街の明かりで淡く照らされている。よほど夜中にならなければ、星は明るいものしか見ることができない。そのぶん、広い空を独占するかのような青白い輝きはひどくまばゆく見えた。

空から視線を下ろして、茜はすぐそばの部屋に向かって声をかけた。

「青藍さん」

「――入り」

返事を待って、茜はすでに庭に向かって開かれていた障子《しょうじ》に手をかけた。

母屋から渡り廊下で続く離れは、青藍の自室である。二間《ふたま》続きになっていて、手前が絵師としての仕事部屋、奥が寝室だった。

一歩足を踏み入れると、もうすっかり慣れてしまった、美術室のようなにおいがした。絵具と膠《にかわ》の混じったにおいだ。

部屋の奥は天井まで作り付けの棚になっていて、上から順にさまざまな手触りや色の紙が差し込まれている。足元には布や大判の紙がぐるりと巻いて立てかけられていて、床には小皿や筆が収まったコンテナが重ねられていた。

扉のついた棚の中には、おびただしい数の瓶や小袋が詰め込まれている。日本画で使う岩絵具の類《たぐい》だ。

膠を煮溶かすための鍋に電気調理器、小さな冷蔵庫、畳が二畳分壁に立てかけられていて、大きな机が端に寄せられていた。

ここは何度来てもどこか神聖な場所であるような気がして、すっと背筋が伸びる心地がする。

「悪いな、夜に」

机のそばに青藍が立っていた。

「いえ、でも今日は、わたし何も用意してないですよ」

夕食が終わった後、茜は青藍に部屋に来てほしいと頼まれた。別段珍しいことではない。

絵を描くときに酒をたしなむ人であるから、肴《さかな》を持ってきてほしいと頼まれることがあるのだ。

だが今日は、特に何もいらないのだという。

「ええから」

深く息を吸った青藍が、ゆっくりとそう言った。まるで自分自身を落ち着かせているように見えて、珍しいこともあるものだと茜はぽかんとしてしまった。

この人は緊張とか気負いとか、そういうものとは無縁の人だと思っていたからだ。

自分が生み出した作品を世に問うことにも慣れているし、他人に興味もないので、よく見せようとか失敗してはいけないとか、そういう感覚も薄いのだと茜は思っている。

だからこんなふうに目に見えて緊張しているさまは、本当に珍しい。

やがて青藍が、覚悟を決めるように机に向き直った。

「茜、そこにいてくれ。今日は、そこにいてくれるだけでええ」

一抱えほどの箱が机の上に鎮座していた。小ぶりの古い長持ちだ。深い茶色の板が組み合わされ、それぞれの角に黒い飾り金具が取りつけられている。

ふたと本体を覆《おお》うように、ぺたりと一枚、短冊《たんざく》状に切られた無地の和紙が貼りつけられていた。封印だろうか。黄ばんでいて、軽く引っ張るだけで破れてしまいそうに見える。

青藍が、その封印の紙にそっと指先を滑らせた。

「これは、月白《つきしろ》さんの形見や」

「……えっ！」

茜は顔を跳ね上げた。

月白はこの月白邸のかつての主《あるじ》で、青藍の絵の師匠でもあった人だ。本名は久我若菜《くがわかな》。

『月白』は雅号《がごう》──絵師が使うペンネームのようなものである。

奇妙な人で、売れない芸術家や職人たちを拾ってきては、この邸に住まわせていた。住人たちはときによって増えたり減ったりし、好き勝手に邸を改造したり、庭に焼き物用の窯《かま》や奇妙なオブジェを作ったりと、やりたい放題だった。月白はそのさまを怒るでもなく、いつも笑って見守っていたそうだ。

青藍と陽時も、その一人だった。

その月白が『久我』の名前とこの邸を、弟子である青藍に遺《のこ》して亡くなってから、もう七年になる。

この仕事部屋の隣、青藍の寝室には、障子二面分ほどの大きな一枚の絵がある。

墨書きの桜の絵だ。花はない。

庭にある若く細く、春にも花を咲かせない桜の木を描いたもので、月白が亡くなる前に、青藍に遺した絵だった。

この絵を完成させろと、師匠から唯一《ゆいいつ》の弟子への最期《さいご》の課題でもあった。

月白の死は、青藍自身を絶望させるのに十分なできごとだった。

師匠を失ってからのおおよそ六年間、青藍はこの桜の木に一筆も入れることができず、壊れたようにただ絵の前で過ごしていた。

茜とすみれが、この邸に引き取られたのはそんなおりだった。

親を失った姉妹が、ゆっくりとその悲しみに向き合っていくのとともに、青藍もまた、泥濘《でいねい》に沈んでいたその身を引きずって、なんとか一歩ずつ歩みだすようになった。

課題の孤独な桜の木には、その歩みに寄り添うように生き物がたくさん増え、一面に色とりどりの草花が萌《も》えるようになった。

これまで出会った人たちを象徴して、青藍が描いたものだった。

そうしてこの絵がいっぱいに埋め尽くされたとき。

この桜にいつか——美しい花が開くのだろう。

そのときを、茜はずっと待っている。

青藍の指先が、その形見の長持ちをゆっくりとなぞる。

「これは、もう先があらへんていうときに月白さんが用意したはったものや。開けたらあかんとは言われてへんけど……」

わずかに息を詰めて、そうして吐き出した。

「ぼくは今まで、手もつけられてへんかった」

言葉に、しぐさに、ふいに落とされた視線に、痛みと悲しみが垣間《かいま》見える。青藍にとって月白はたった一人の師匠でかけがえのない人だ。

この箱と向き合うことは、青藍にとって月白の死と向き合うことだ。それはとても苦しくて悲しくて勇気のいることだと茜は思う。

「でも、そろそろ開けてもええころやて思た。だから茜には……そこで見ててほしい」

青藍が気まずそうに視線をそらした。

「……情けない話、一人やと、手ぇ震えてかなわへん」

茜は唇を引き結んで、大きくうなずいた。

ここにわたしがいることがこの人の力になる。それがなんだかとてもうれしかった。

青藍が爪を立てると、封印の紙はあっけないほど簡単に破れた。長年の湿気でゆがんだ長持ちのふたがぎしりと音を立てて開く。

中身のほとんどは、どうやら着物のようだった。

「月白さんがいつも着たはったやつやな」

一つ一つ長持ちから出して床に並べると、青藍が懐《なつ》かしそうに目を細めた。鼠《ねず》色の袴《はかま》と紺《こん》色の羽織が一つずつ。

最後に取り出された藍《あい》色の単衣《ひとえ》を見て、茜はあれっと目を見張った。

青藍がいつも——今も身に纏《まと》っているものと、とてもよく似ているからだ。

じろじろと見比べる視線に気がついたのだろう。青藍が眉を寄せた。

「なんや？」

「もしかして青藍さんって、月白さんの真似してたんですか？」

青藍が、うっと言葉に詰まった。

「……月白さんは、こういうものを格好よう着はるのがものすご上手で、帯とか根付《ねつけ》の組み合わせなんか、いつも近所の人らに褒《ほ》められたはったし。上背《うわぜい》もあらはったし、ぼくと体格も似てるところもあって……」

もごもごと言い訳がましく続けた青藍は、やがて観念したようにぼそりと付け加えた。

「……あの人の着物姿に、ぼくも憧《あこが》れてたころがあった」

そっぽを向いた青藍の、その耳の端がじわりと赤くなっている。どうやら照れているらしい。茜はやがて、こらえきれずにふふっと噴き出した。

「そっか、ふふ、あははっ」

「何がおかしい」

喉《のど》の奥でうなるそのさまは、不機嫌そうな猫のようである。茜は慌てて手を振った。

「おかしいんじゃないです」

なんだか、とても微笑ましかったのだ。

「青藍さんも、身近にいるオシャレな人に憧れてたんだなって。それがすごくいいなって思ったんです」

幼くして月白邸に来たころ、青藍は絵にしか興味がなく、月白と途中で転がり込んできた陽時以外とはあまりかかわることもなく過ごしていた。そんなさまを、住人たちにはずいぶん心配されていたそうだ。

けれどたとえば、父や母や兄弟や、センスのいい友だちに憧れるように、この人にも一番近くにいた格好いい大人への憧れがあった。

そうしてそれをいまなお身に着け続けている青さを残したそのさまが、なんだか、いいな、と思う。

それはふと気がつくといつも遠くにいるこの人が、本当はわたしたちとそう変わらない普通の人なのだと。そんなふうに思えるからかもしれない。

長持ちの中は着物のほかに、月白が生前使っていたものがいくつか収められていた。

一番気に入っていたという根付が一つ、茶席に呼ばれたときに使っていた袱紗《ふくさ》と、着物とそろいの藍の懐紙《かいし》入れ。愛読書の文庫本が一冊と、庭の花を押し花にしたしおり。それから手紙が何通か、愛用していた万年筆と筆。

そして青藍が一番驚いていたのは、長持ちの一番底に、茶封筒に入れて無造作に放り込まれていた数枚の写真だった。

「……うちにもあったんやな、こういう写真」

そういえば月白邸では、写真の類をほとんど見たことがない。写真立てやアルバムも倉庫では見かけなかったし、青藍や陽時のスマートフォンの中にも過去の写真はあまりないという。

「あのころ住んだはったひとたちも、記念に写真を残す雰囲気でもなかったし、月白さん自身もあんまり過去にこだわる人やなかったしな」

青藍は封筒の中の写真を机に広げた。写っているのはほとんど月白邸の住人たちだ。

そのなかの一枚を手に取って、青藍は目を細めた。

「……ああ、これは覚えてる」

それは冬の月白邸だった。庭にはうっすらと雪が積もっている。この年は——七年前はひどく寒い冬で、十二月に入るとすぐに初雪があった。

「最後の冬で……月白さんに会うために、みんな邸にいたころや」

もう次の春は迎えられないだろう。医者にそう言われた月白のもとに、いつも自由に出入りしていた住人たちがみな留《とど》まっていた冬だった。陽時も東京の大学からこちらへ戻ってきていて、月白邸はいつにも増して毎日が賑《にぎ》やかだった。

縁側にはたくさんの人が、みなてんでばらばらのほうを向いている。

行儀よく座ってカメラ目線のものいれば、立ち上がってどこかに行こうとしているもの、縁側から庭に飛び降りるもの、ふざけて転げ回っているものもいる。

写真のなかに知った顔を見つけて、茜は思わずそこを指した。

「三木《みき》さんたちもいますね」

端のほうでぶすくれているのは、当時高校生だった三木涼《りょう》である。今は社会人になって、ＥａｓｔＧａｔｅという広告代理店で、青藍に仕事の斡旋《あっせん》をしていた。

その隣で腕を組んでしっかりとカメラを見ているのは、陶芸家の遊雪《ゆうせつ》。今は清水寺《きよみずでら》の近くで清水焼の体験教室を営んでいる。

涼しげな表情で降りしきる雪を見つめている西宮海里《にしみやかいり》は、扇骨《せんこつ》職人を有する『にしみや』の長男だ。当時『結扇《ゆいせん》』という扇子《せんす》屋の老舗《しにせ》であった月白邸と、商売上の付き合いがあった。

そして写真の一番端。青藍と陽時が並んで座っていた。

もこもこの半纏《はんてん》を着て、片膝を立てて座っているのが青藍。陽時はにこやかな笑顔で、カメラに向かって手を振っている。

「わあ……！」

七年前の二人に、茜は妙な感動を覚えていた。

陽時のまぶしい笑顔は今よりもやや幼い。そのころから染めていた髪は、今と同じ金色だった。写真の中でも冷ややかな落ち着きを纏う青藍は、じっと真横を見つめている。

その先、縁側の真ん中に一人の老人が座っていた。

ひょろりと細く頰がこけている。寝巻替わりの浴衣《ゆかた》に分厚いカーディガン、さらに肩に毛布が羽織らされていて、いかにも病人然としているこの人が——たぶん月白だ。

もう長くはないとわかっているはずなのに、写真の中の誰より、はつらつとした笑顔を見せていた。

青藍の指先が、そっと月白をなぞった。

「うるさそうなじいさんやろ」

「すごく優しそうです」

青藍の目元がきゅう、と柔らかくなった。

「……そうやな。久しぶりに、会《お》うた気ぃする」

元気そうやな、と写真の月白にぽつりと語りかける青藍が、切なかった。

机に散らばった写真の中に一枚、雰囲気の違うものを見つけて、茜はそれを手に取った。それだけがモノクロで目を引いたのだ。縁《ふち》が黄ばんでいて、写りもざらざらとした質感で、ほかよりかなり古いもののようだった。

「青藍さん、これ、月白さんじゃないですか？」

茜の手元をのぞき込んだ青藍が、わずかに目を見張った。

「ずいぶん若いころやな」

写真はどこかの和室のようだった。茶室かもしれないと茜が思ったのは、畳に真四角の切れ込みがあって、そこで湯を沸かすことがあると知っていたからだ。同じような茶室に以前招かれたことがある。

ぼやけた床《とこ》の間《ま》には山の端《は》に上る丸い月が、その手前にはすらりと細い花瓶に薄《すすき》が一本挿《さ》してある。向かって左には屛風《びょうぶ》が一つ。斜めに写っているため見づらいけれど、六曲《ろっきょく》一隻《いっせき》の屛風には、風に揺れる柳《やなぎ》の絵が描かれているように見えた。

その手前に青年が座していた。若いころの月白であるようだった。

まだ三十代ほどで、紋が入った羽織袴を身に着けているところを見ると、改まった席であったのかもしれない。

その月白に向かい合っているのは、一人の老女だった。

おそらくは白の着物と帯、袖《そで》は白黒写真では淡いグレーに見える牡丹《ぼたん》の柄《がら》。

「……この人、セイゲツさんか」

顔を上げると、青藍が考え込むように眉を寄せていた。

セイゲツは『青月』と書くそうだ。雅号で——本名は、久我伊都子《いつこ》。

「写真を見せてもろたことがある。青月さんは月白さんのお師匠さんで『結扇』の先代や」

茜と青藍は、そこで顔を見合わせた。

若き月白とその師匠である青月が、茶室と思わしきところで向き合っている。月白と青月はそれぞれ片手に扇子を掲《かか》げて、見せ合っているようだ。

「これ、何の写真なんでしょうか」

そう問うた茜はしばらく待って、答えも相槌《あいづち》もないことに気がついて顔を上げた。

青藍が硬直したようにじっと写真に見入っている。その視線は、月白の手にしている扇子に注がれていた。

ふいに青藍が身をひるがえして、着物の裾《すそ》を乱しながら寝室へ駆け込んでいった。茜が追った先で、青藍は呆然と立ち尽くしていた。

その前にはあの桜の絵がある。

「……茜」

差し出された写真に、茜は最初、青藍が何を言いたいのかわからなかった。引きの写真であることと当時の写真の解像度では、その細部までを詳しく読み取ることは難しい。

眉を寄せてじっと見つめて――やがて、それに気がついて息を呑んだ。

「この桜……」

若き月白が持つ扇子だ。

黒く煮詰められたような漆黒の扇子に、爪の先ほどの小さな月がぽかりと浮かんでいる。

その下、黒い空にぞろぞろと腕を伸ばすように。

花のない桜の木が描かれていた。

「この絵……もとは、月白さんの扇子やったんか」

写真の裏を返して、茜は思わず青藍にそれを差し出した。

「青藍さん……」

そこには細い鉛筆の字で、たった一言。

――わが不肖《ふしょう》の弟子へ。

ぶわりと春の風が吹き込んだ。

きっとこれが始まりなのだと、そのとき茜はそう思った。

時が満ちて、桜の枝に命が巡る。

もう、そのときはすぐそこに来ている。

2

あと数日で新学期が始まるというその日。月白邸《つきしろてい》は朝から異様な緊張感に包まれていた。

スマートフォンとタブレットの画面を何度も確認している陽時《はるとき》は、クリーニングから戻ってきたばかりの、グレージュのセットアップを身に着けている。

「大丈夫だよね、仕事のスケジュール滞《とどこお》ってないね。帳簿も問題ないし、絵具も足りてるしメールは返信してる……」

今朝、夜明けもかくやという時間に起きたらしい陽時は、メール画面を開き帳簿を確かめ、青藍《せいらん》の仕事部屋の足りない画材を朝から三度もチェックしている。

その青藍はといえば、リビングのソファでぶつぶつと何事か指折り数えていた。

「納期の遅れはあらへん、部屋は片した……」

いつもの藍《あい》色の着物に縞《しま》の帯、心なしか襟元《えりもと》がぴしりとしているのは、気のせいではないのだろう。

その隣で、すみればむすうっと頬を膨《ふく》らませていた。

「今日のすみれのお仕事、なくなったんだけど……」

朝が苦手な青藍は、いつもは起こしに行くまで布団《ふとん》に丸まって出てこない。それを朝食の席に引っ張り出すのがすみれの仕事だった。

しかし今朝、すみれがいつもどおり部屋に飛び込んだとき、青藍はすでに着替えて布団までたたみ、似合わぬ早朝の光の中でてきぱきと部屋を掃除していたという。

生活リズムが整って結構なことだと思うのだが、この仕事を誇りに思っているすみれとしては不満が隠せないようだった。

いつもこうならいいのだけれど、きっと今日だけだ。

――本日、この月白邸には来客の予定がある。

かつて月白邸で青藍たちとともに過ごしたことのあるその人は、西宮海里《にしみやかいり》という。茜《あかね》も何度か面識のある人だった。

西宮海里という人のことを、一言で表すなら「正しい人」だ。

鋭くまっすぐな正論でもって人を圧倒する。そして同時に自分にも同じだけ厳しい。

金銭面にも社会規範的にも奔放《ほんぽう》な月白邸の住人たちが、なんとかよそに迷惑をかけず、火事を出したりもせず、湯水のように金を垂れ流したりもしなかったのは、この海里によるところが大きい。

つまりかつての月白邸の要《かなめ》のような人で、青藍も陽時もこの海里にはまったく頭が上がらないのである。

陽時が真剣なまなざしでつぶやいた。

「一日ぐらいはなんとかごまかさないと」

「うっかりぼろを出すと、あんまりようないからな」

うなずき合う大人二人は、自分たちの日頃の行いがさほど褒《ほ》められたものではないと自覚があるらしい。これにはなんだか既視感《きしかん》がある、と茜は半眼でつぶやいた。

「授業参観みたいですね」

二十八歳にもなる男二人が、そろって男子高校生のようだ。

「大丈夫ですよ。ちょっとぐらい怒られるかもしれないですけど。優しい人じゃないですか、海里さんは」

初めて会ったとき、海里の融通《ゆうずう》の利《き》かない厳しさが茜はあまり好きではなかった。けれどそれが、決して人を見捨てないあの人なりの優しさだと知ったのだ。

青藍と陽時が顔を見合わせて。そうして同時にふ、と口元を緩《ゆる》めたのがわかった。

「ああ、知ってる」

青藍の視線は、リビングとキッチンを隔《へだ》てるカウンターに注がれている。

そこには簡素な木の写真フレームが一つ置かれていた。中には最後の冬の、月白邸の写真が入っている。月白《つきしろ》の長持ちから出てきたものだった。

これを飾ったのは茜だ。

青藍と陽時、月白、そして月白邸のたくさんの住人たち。

ここに写っているみなが自由で奔放で勝手で、けれど青藍と陽時のことを心から案じている優しい人たちばかりなのだと。

この二人が、一番よく知っているのだ。

海里は細面《ほそおもて》の美丈夫《びじょうふ》だった。三十を一つ二つ過ぎた年頃で、ブラウンのジャケットからのぞく手首はすらりと細く、病的なほど白い肌をしている。切れ長の瞳は鋭く、茜はいつも稲荷大社《いなりたいしゃ》で売っているあの狐《きつね》の面を思い出す。

「新学期も近くて忙しいやろうに、急にごめんなあ、茜ちゃん、すみれちゃん」

柔らかな京都の言葉とともに差し出されたのは、淡い水色の紙袋だ。茜ははっと目を見開いた。

「あっ、これクッキー缶ですか⁉」

「ほんと⁉」

　思わずすみれと顔を見合わせる。最近二人で盛り上がった、テレビのクッキー缶特集に出てきたものとまったく同じだったからだ。

「今の子《こ》らて、こういうものが好きやて聞いてね。ぼくも詳しくないから、流行《はや》ってるいうのを買うてきたんや」

「わあ……ありがとうございます！　これ本物を見てみたかったんです！」

　テレビで見たそれは、好奇心で買うにはやや厳しい価格だった。でもみっしりと詰まったクッキーがかわいくておいしそうで、最近の姉妹のひそかな憧《あこが》れだったのだ。

「すぐにお茶淹《い》れますね」

　そう言って振り返った先で、青藍が目を細めてじっとこちらを見つめていた。何か不満がありますとでも言いたげである。

「茜もすみれも、欲しいんやったら言うたらええやろ。その……なんや、ようわからんけどクッキーの缶ぐらいぼくかて買うたるし。一番大きいやつ何個でも」

　茜は呆《あき》れた顔を向けた。

「無理ですよ、青藍さんには。これデパートの地下ですごく並ぶんですよ。青藍さん、人ごみ苦手でしょう？」

電車もバスも嫌いで、家に車を呼びつけるのが普通の人にはとても無理な相談だ。

「それにこういうのは、お持たせでいただくから、よりうれしいんじゃないですか」

「……じゃあ手土産《てみやげ》で買うてくる」

「同じ家に住んでて何言ってるんですか。ほらソファ行っててください、お茶淹れてきますから。邪魔なんでキッチンに入ってこないでくださいよ」

このクッキーに合うのはやはりコーヒーだろうか、それとも紅茶にするべきか。うきうきしながらキッチンに向かったその後ろで、ふふっと噴き出す声が二つ重なった。

振り返ると陽時と海里が、そろって肩を震わせている。むっすりと不服そうに唇をゆがませてたたずんでいる青藍がよほどおかしかったのだろう。

「これはおまえ、茜ちゃんには勝たれへんなあ」

目元を拭《ぬぐ》いながら、海里がそう言ったのが聞こえた。

悩んだ末にコーヒーと、妹のココアを用意してソファに戻ると、すみれがそわそわと水色の缶のふたに手をかけて待っていた。

茜がうなずくと、待ってましたとばかりにぱかりとふたを開ける。

「すごい！」

すみれがぶわっと顔を輝かせた。クッキー缶の中には大小さまざまなクッキーが、隙間《すきま》なく芸術的なまでにぎっしりと詰め込まれていたからだ。そのさまがテレビで見たそのままで、感動もひとしおだった。

姉妹二人が存分にそのクッキーを堪能《たんのう》したころ。海里がことりとコーヒーカップをテーブルに置いて切り出した。

「――うちの店が、秋にオープンしたやろ」

海里の家は『にしみや』という扇骨商《せんこつしょう》である。割り竹から扇子《せんす》の骨部分――扇骨を削り出す仕事だった。扇子《せんす》屋の老舗《しにせ》であった『結扇《ゆいせん》』時代の月白邸とは、互いに先代からの付き合いであり、海里も幼いころから扇骨を納めに、しょっちゅう月白邸に出入りしていたそうだ。

今『にしみや』の会社は、扇骨職人である弟の岳《たける》が継ぎ、海里自身は専務の席に収まって、その商売の販路を広げているそうだ。

最近は扇骨作りの技術を生かした雑貨の取り扱いを始め、準備の期間を経《へ》て、とうとう去年実店舗《じってんぽ》を持つにいたったのである。

その場所は八坂《やさか》神社のほど近く。明治《めいじ》時代に建てられた洋館だった。

「客入りは悪ないし、カフェ併設いうことで話題性もある。ＳＮＳに上げてくれはるお客さんも多くて、ありがたいことに順調なんえ」

海里がほっと息をついた。

「ほんまに……よかった思うてる」

その頬は血の気《け》を抜いたように白い。これは生まれつきなのだと、いつだったか茜は聞いたことがあった。

月白邸に出入りしていたころの海里は、体の強いほうではなかったそうだ。中学時代までは家と病院を行き来する毎日だったという。器用なたちでもなかったそうで、職人としても体の丈夫さも弟にかなわなかった。

海里は弟に跡継ぎを譲り、自分は専務の席で『にしみや』のためにできることを模索《もさく》し続けている。その成果の一つが、今回の八坂の実店舗だった。

ままならない自分の体に、悔しさももどかしさもあっただろうと思う。

けれど一つ大きな結果を残すことができて、海里もほっとしているのだとわかった。

「そんなん当然やないですか。海里さんが作らはったお店やろ、扱《あつこ》うたはるものは間違いあらへんし――」

それに、と青藍の顔がどこか誇らしそうに輝く。

「海里さんの店には、ぼくの絵がある」

あっけにとられたようにぽかんと口を開けた海里が、やがてその口元に笑みを浮かべた。

「ああ、そうやな」

八坂の海里の店のために、青藍は大きな絵を描いた。

玄関ホールをぐるりと囲むような壁画だ。時代は明治、文明開化のころ。文化と時代が混じり合う東山《ひがしやま》の姿だった。

熱に浮かされたように、海里が言った。

「あの絵はほんまにええ絵や……きれいやて思う」

「ぼくの絵ですから」

青藍は己《おのれ》の絵も、それを描く自分の才能も謙遜《けんそん》しない人だ。

自《みずか》らの腕で描いたものが、この世で最も美しいものであると知っているからだ。

青藍の絵は見るものをみな引きつける。

本当に美しいものを見たとき、余計な言葉は浮かんでこない。ただそれを美しいと言うしかないのだと、茜は青藍の絵に思い知らされた。

そして海里もまた、この青藍の絵に心惹《ひ》かれた一人なのだ。

「でも、いつまでもおまえの絵にあぐらをかいててもあかんからね」

海里のまなざしが真剣な光を帯びた。

「うちの店で、宣伝用のリーフレットを作ろうと思てるんやけど、その写真を頼みたい人がいてるんや」

京都の九条《くじょう》に腕のいい写真家がいる。海里はそう続けた。

名は住永隆太郎《すみながりゅうたろう》。京都駅のやや南、東寺《とうじ》のそばに住んでいるフリーのカメラマンだ。数年前までは関西《かんさい》を中心に、企業のパンフレットや雑誌の表紙や書籍のカバー写真などで活躍していたという。

「ここ数年は、あんまり仕事を受けたはらへんみたいでね。人づてになんとかお願いできへんやろうかて、うちの店の資料を送ったんや。そしたら先方が連絡をくれはった」

場合によっては、その仕事を受けてもいいというのである。

「ただ、条件があるて言われてね」

海里が送った資料の中に、店舗として使っている例の洋館の写真があった。赤い煉瓦《れんが》の洋館で、鳥が両翼を広げたような左右対称の造りをしている。

両開きの扉の中は、吹き抜けから階段が下りるホールになっていて、天井から淡い光が差し込むそこには、壁面をぐるりとなぞるように美しい絵が描かれていた。

青藍──絵師『春嵐《しゅんらん》』の絵だ。

住永の条件は一つ。

——これを描いた絵師に、頼みたい絵がある。

それを引き受けてくれたら、代わりに写真を撮ってもいいというのだ。

陽時がへえ、と目を見張った。

「それで海里さんがうちに来たってことは、そうとうな腕なんですね、そのカメラマン」

つまり青藍の絵を交換条件にしてでも、海里はその写真を欲しいと思ったということだ。

青藍の人の仕事への偏食っぷりを海里はよく知っている。そして青藍の筆の価値も、そこから生み出される絵の美しさも。

「……そうやな。もちろん春嵐への依頼やさかい、無理にとは言わへん。でも——」

海里のその薄い唇が笑みの形に吊り上がる。

「おまえも、この人の撮った写真を見たいと思うよ」

怜悧《れいり》な瞳の奥にらんらんと輝く光を見る。この人も美しいものを貪欲《どんよく》に愛する人だ。

「……考えてみます」

青藍がぎゅっと額《ひたい》に皺《しわ》を寄せたまま、そうつぶやいた。

コーヒーもすっかり飲み切り、クッキー缶の中味も半分ほどになったころ。陽時とすみれをリビングに残し、茜は青藍とともに海里を見送りに出た。

引き戸の玄関の先は、ほの淡い春の夕暮れに染まり始めている。

表の門を開けたところで、青藍が海里を呼び止めた。

懐《ふところ》から取り出したのは古びた一枚の写真だ。茜はそれが、あの月白と青月《せいげつ》の写真だとわかった。海里が首を傾《かし》げた。

「えらい古い写真やな」

「あの長持ちを開けました」

海里が息を詰めた。青藍があの長持ちを開けたという意味を、ちゃんとわかっているようだった。

「中は？」

「着物とか根付《ねつけ》、月白さんが読んだはった本やら、使ったはった万年筆やら。あとは……この写真です」

若き月白が掲《かか》げている扇子には、青藍に与えられた例の課題によく似た、花のない桜の木が描かれている。海里はすぐに、青藍の言いたいことがわかったようだった。

「月白さんの、最後の絵とよう似てるな」

あの桜が青藍に与えられた課題であることを、月白邸の住人たちはみな知っている。その絵の前から動くことができなかった六年間を、一番気にかけていたのは彼らだからだ。

青藍が覚悟を決めるように口を開いた。

「月白さんはぼくの何もかもを、見通したはったんやと思います」

自分が死んだ後、残されたたった一人の弟子がどうなるのか、手に取るようにわかったに違いない。だから墨書きの桜を遺《のこ》し、青藍に課題として与えた。

「月白さんがくれたあの絵がなかったら、ぼくは今ここにいてへんかったと思うから」

茜も海里もただ、暮れる夕日のなかで静かにその言葉を聞いていた。

「ぼくの桜には、色が増えました」

これまで出会った人々をさまざまな生き物として描き、墨一色であった枝は今、鮮やかに彩られている。

「七年もかかったけど、ようやく月白さんの形見を開けよう思えるとこまで来た。だから……月白さんがその中にこの写真を入れはったんは、意味があることやと思います」

師匠の死に向き合えるようになって初めて、不肖《ふしょう》の弟子にこの写真が届くように。

「だからぼくは、この写真のことを知りたい。きっとそこに……」

青藍が、ぐ、とその先を飲み込んだ。

そこにはきっと、月白の心がある。

いつか、さびしがりやな己の弟子が——それを見つけることを願って遺した、師匠の最後の心だ。

海里は考え込むように細い指を顎《あご》に添えた。やがて悪いな、と言わんばかりに肩をすくめた。

「その写真の場所にも心当たりあらへんし、月白さんが亡くなった後、残った人らで遺品やなんかをだいぶ整理したけど……こんな扇子も見当たらへんかった」

青藍が首を横に振る。

「いえ。月白さんのことやさかい、急《せ》いてやれとは言わはらへんと思います。ぼちぼちやりますよ」

それがいい、と背を向けた海里が、思い出したようにふとこちらを振り返った。

「なあ、青藍」

すべてが、夕暮れの橙《だいだい》に覆《おお》われていく。

西には宵《よい》の明星《みようじよう》が輝き、訪れる星空を先駆けている。

月白邸の庭は今まさに春の盛りを迎えようとしている。石畳の隙間から萌《も》えるように青々とした下草が生え、ハコベの白、タンポポの黄色、菫《すみれ》の花の淡い紫がまるで絵具を散らしたような鮮やかさだった。

ゆっくりと、そして静かに。空を見上げて海里はぽつりとつぶやいた。

「見つけられるとええなあ」

そこにはずっと心に抱いていた心配事が一つほどけたような、そんな安堵《あんど》が込められているように、茜には思えたのだ。

無言で海里の後ろ姿を見送る青藍が唇を引き結んだまま、その背をすっと伸ばして深く頭を下げていたのを、茜は黙って見守っていた。

3

京都駅の南、東寺《とうじ》周辺は閑静《かんせい》な住宅街だった。密集する家々の間から五重塔《ごじゅうのとう》が屹立《きつりつ》しているそのさまは、時代も場所もどこかちぐはぐで不思議な感覚に陥《おちい》る。

その五重塔を背に、茜《あかね》はじろりと青藍《せいらん》を見やった。

大通りで車を降りてから、ここにきて今さらその足取りが重いのである。

「早く歩いてください、約束の時間に遅れますよ」

例によって茜は、人ごみが苦手で外出嫌いの青藍を、依頼主《ぬし》のところまで引きずっていくという仕事のさなかであった。おおよそいい歳をした大人に対する扱いではないと思うのだが、これが初めてではないのが情けないところだ。

すみれが朝に青藍を起こすのを任されているのと同じように、これがいつのまにか茜の役目になってしまっている。

ぶすっとよそを向いている青藍の顔には、不機嫌です、と書かれているようだ。

「気に食わへん」

海里《かいり》に依頼されたあの日からというもの、青藍はずっとこれである。

「……こんなん、海里さんの手のひらの上で転がされてるみたいや」

住永隆太郎《すみながりゅうたろう》という写真家から提示された条件——絵師、春嵐《しゅんらん》に一枚絵を描いてもらいたいというそれを、受けるかどうか青藍が決めて構わない。

そう言って渡されたメモ用紙には、住永のブログのURLが書かれていた。

陽時《はるとき》のパソコンを借りて見たそのブログには、住永が撮ったさまざまな写真がのせられていた。日付と場所だけが添えられたそれは、半ばギャラリー代わりであるようだった。

プロフィール欄には本人の写真が〝写真家〟という一言とともに貼りつけられている。六十歳ほどの男性で、さっぱりとした笑顔をこちらに向けていた。

茜も青藍とともにその写真を見た。

燦々《さんさん》と照らす太陽の下、ピラミッドがそびえるそのふもと、砂漠は風が吹くたびに砂がさらわれて、自然と人工物のコントラストを切り取っている。乾いた熱い風までがこちらに吹き込んできそうなほどだ。

真冬のドイツ、ノイシュバンシュタイン城はその荘厳《そうごん》さを、アフリカの広大な草原と一匹の象は雄大な生き物の躍動感を、夕暮れの影が落ちるガンジス川の鮮やかすぎる赤は、同じ地球上の風景とは思えないほどの非現実感を、まざまざと突きつけてくる。

どこかの国の葬列の様子、活気あふれるマーケットを横切るように通る古い電車──。

なかには日本の写真もあった。

箕面《みのお》の滝の青紅葉《あおもみじ》に琵琶湖《びわこ》の朝日、蔵王《ざおう》の樹氷、深く静かな山々、瑞々《みずみず》しい田畑に山の影が落ちる……。つるりと水滴をはじく蓮《はす》の葉に、満開の桜に雪が積もる幻想的な光景。寺に飾られている絵馬や板絵に描かれているのは婚姻の様子だろうか。そのそばに奉納された花嫁人形の口元が微笑んでいる。ふとした道ばたの地蔵に施《ほどこ》されている、かわいらしい化粧が鮮やかだった。

それは、圧倒的な臨場感だった。

その並べられた写真を見つめているだけで、その世界のただなかに、自分が立っているような気さえしたのだ。

青藍の瞳に、好奇心の炎がちらりと輝くのを茜は見た。

きっと思ってしまったのだろう。もっとこの人の写真を見てみたい。この人の瞳が切り取るそのさまを知りたい。そのために、自分の絵を対価にしてもかまわないと。

つまり、すべて海里の思惑《おもわく》どおりに転がったのである。

どうやらそれが悔しいようで、それから青藍はずっとぶつくさ言っているのだ。

「海里さんに勝てるわけないじゃないですか」

一癖《ひとくせ》も二癖もある月白邸《つきしろてい》の住人相手に、高校生のころからかかわり続けている海里である。青藍の好みも思考もわかりきっているに決まっている。

ふと袖《そで》を引かれて、茜は立ち止まった。

「もう、何ですか？」

振り返ると、思っているより近くに青藍がいて、反射的にその顔を振り仰いだ。どこか拗《す》ねたように唇を尖《とが》らせて、じっとこちらを見下ろしている。

上背《うわぜい》があるので、太陽を背に影になるとそれだけで妙に迫力があった。

「青藍さん？」

「海里さんのこと……ぼくらよりよう知ってるみたいに言う」

また何を言いだすのかと、茜はきょとんとした。

「そういうわけじゃないですよ。海里さんとはまだ付き合いも浅いですし」

顔を合わせたのは片手で足りるほど、そう深く付き合いがあるわけでもない。けれど、と茜はにっと笑ってみせた。

「わたし、青藍さんのことは、ちょっと知ってるつもりです」

青藍が不機嫌そうだったその目を、ぶわっと見開いた。それがなんだか小気味よくて、茜はくすくすと笑った。

これまで一年半、この美しいものを描く人のそばで過ごしたのだ。

「青藍さんが、半端《はんぱ》にお仕事を受けるわけじゃないってことも、誰かが一生懸命に作ったものを美しいって思うことも知ってます」

そしてそれを海里も知っているはずだ。だから青藍なら住永の写真に惹《ひ》かれないはずがないと思った。

「わたしも海里さんも、青藍さんのことを知ってるだけです──ほら、行きますよ」

このままでは本当に遅刻だ。青藍の着物の袖をつかんで歩きだした茜は、結局それに気がつくことはなかった。

絶句した青藍が、何かをこらえるようにくしゃりと髪をかきまぜたのも、その唇が照れたようにむずむずとほころんでいるのにも。

なんだかたまらなく愛《いと》おしそうに、細めたその柔らかな瞳にも。

玄関で出迎えてくれた住永を見て、茜は驚きを顔に出さないようにするのに苦労した。

げっそりと瘦《や》せ細り、頰はこけて落ちくぼんだ目は半ば伏せられている。ブログのプロフィールにのせられていた写真から、十ほども年かさに見えた。

思わず大丈夫かと伸ばしかけた手を、茜は途中でぐっと止めた。

青藍を前にしてわずかに見開かれたその目の奥を見たからだ。

闇の底に希望を見つけたような、ほの暗い光を帯びている。瞬《まばた》き一つで消えてしまいそうなほど淡くか細いのに、消えかけの電球のように強く閃《ひらめ》くときがある。

それがなんだか少し怖くて、ためらっているうちに住永は、どうぞ、と中を案内するように二人に背を向けた。

住永の家は築二十年ほどの小さな一軒家だった。

案内されたリビングはものが多く雑然とした雰囲気だった。ダイニングテーブルの上にリモコンや食べさしの菓子袋、ペットボトルが置きっぱなしになっている。

それらをざっと片付けて、住永は二人にあたたかな茶を出してくれた。

「もう独り身やさかい、茶なんか久々に淹れたわ」

口を開けば、住永は見た目よりずっと柔らかい印象だった。皺《しわ》だらけの顔にくしゃりと笑みが浮かぶ。それに茜はほっとした。

湯気を立てる湯飲みに青藍の眉がぎゅう、と引き絞られるのがわかる。茜はその着物の袖を引いた。

「青藍さん」

言い含めるように、じっとその顔を見つめる。

青藍はよそで出されたものを口に入れるのが苦手だ。けれど父の喫茶店で手伝いをしていた茜にとって、そのもてなしの気持ちを無下《むげ》にするのはどうしても見過ごすことができない。

ややあって無言で茶に口をつけた青藍に、茜はほっと胸をなでおろした。

住永は見た目の不健康さよりずっと朗《ほが》らかで、穏やかに世間話に付き合ってくれた。とはいっても話しているのは茜ばかりで、青藍は不機嫌そうによそを向いているだけだ。

住永の話は興味深かった。

カメラやレンズの話、カメラマンという仕事のこと、そしてなにより、これまで訪れた世界中の街の話に茜はすっかり夢中になった。

ベネチアの夕日がゆらゆらと水路に揺れるのが、どれほどきれいだったか。真夏のスペインのからりとした空気の熱さが、ひどく心地がよかったこと。

ドイツのクリスマスマーケットでは、移動遊園地の少しくすんだ光を表現するのに、何十回とシャッターを切った。

オーロラを撮るために何日も凍りつくような寒さのなかで過ごし、ようやく満天の星空にその淡いグリーンの帯をとらえた話など、茜は思わず手を叩いて喜んでしまった。

住永の話には、その場で過ごした時間を色濃く感じることができた。その土地の熱さ、風のにおいや、聞こえてくる知らない言葉、見たこともないような木々の葉《は》擦《ず》れの音……。

この人は、世界の美しいものをたくさん知っている。

茜は、そわそわと落ち着かない自分の心を自覚した。

自分にはまだ知らないものがたくさんあって、それをその場に立ち、この目で見て、この耳で聞いてみたい。

そのとき確かに、茜はそう思ったのだ。

住永の話が途切れたのを見計らって、青藍が切り出した。

「それで、ぼくはあんたのために、何を描けばええんですか」

それまでにこやかに話していた住永は、ぐっと息を詰めて、やがてぽつりとつぶやくように言った。

「結婚式に飾る絵を、一枚描いてほしいんや」

思ってもみなかった申し出だったのだろう。青藍がわずかに眉を寄せた。

住永には娘が一人いるそうだ。大学卒業と同時に家を出て、今は一人暮らしをしている。

その彼女がこの春に結婚するのだという。

「おめでとうございます」

茜がそう言うと、住永の唇がうれしそうにほころんだ。

「ありがとう」

住永がちらりとリビングの横、和室に視線をやった。そこにはぽつりと仏壇が置かれている。立てられている写真の中で、女性が一人明るく笑っていた。

「妻を早くに亡くしてね。娘もまだ子どもやったころで……ぼくは仕事であちこち出なあかんし。ばあさんに預けたまま、ずいぶんさびしい思いをさせてたと思うんや」

どこか切なそうに住永が言った。

「それが、ようやっと娘にも幸せが来るんやて……ほんまによかった」

幸せなできごとを話すわりには住永の表情は妙にぎこちない。世界の旅の話をしているときはあれほど豊かだった表情も、今は固く、どこかこわばっているようだった。

我に返ったように、住永が言った。

「それで、結婚式で何かプレゼントをしたくてね。どうしたもんかて悩んでたときに、西《に》宮《みや》さんに、今回の仕事の声かけてもろたんや」

海里が住永に渡した資料には、数枚の写真が添えられていた。店舗として使っている八《や》坂《さか》の洋館の写真だ。そこに描かれていた一枚の絵に、住永は目を奪われた。

「素晴らしい絵やった」

絵師、春嵐《しゅんらん》が描いたかつての東山《ひがしやま》の絵だ。

「ぼくが描いた絵やから、当然です」

青藍が臆面《おくめん》もなく胸を張る。住永が軽く笑って、卓の上に一枚の写真を滑らせた。

「それで、せっかくやしこの絵師に、式に飾る絵をお願いしようかと思てね」

四条《しじょう》大橋の上で撮った写真だ。男女二人が幸せそうな微笑みを浮かべて頬を寄せ合っている。女性にはどこか住永の面影《おもかげ》を感じるから、彼女が娘なのだろう。

季節は春、四条の河原は桜が満開で、手前には大正時代の美しい建築をそのまま残す中華料理店、東華菜館《とうかさいかん》が、奥には工事の足場がかかった南座《みなみざ》が写り込んでいた。

「去年の春、婚約したときの写真や」

「……はあ」

青藍がちっとも興味がないとありありとわかる相槌《あいづち》を打つので、茜は慌《あわ》てて写真をのぞき込んだ。

「お二人とも幸せそうですね！」

「そうやろ。二人でこうやって笑《わろ》てる絵がええんやけど、どうやろうか」

「……ぼくはええですけど」

青藍がぎゅう、と眉を寄せた。

「何も関係ないぼくが絵を描くより、父親の住永さんが写真撮ってあげたほうが、娘さんも喜ばはるんとちがうんですか？」

それは確かに、と茜も首を傾《かし》げた。カメラマンであり父である住永が撮るほうが、よほどふさわしいのではないか。

けれど住永はわずかに視線をそらしただけだった。

「きみの絵が、ええて思たんや」

笑みを刷《は》いた唇がぽつりとつぶやくように続ける。

「きみほどの筆はこの世に二つとあらへん――あれはきっと、目に留《と》まると思うんや」

誰の目に、と問おうとして、茜は息を呑んだ。

住永が目を伏せて、ぱちりと開いたときにはその奥に、またあのほの暗い光がゆらゆらと揺れている。

「幸せの神さんが、きっと見つけてくれる」

それきり口をつぐんでしまった住永に、青藍も茜も、それ以上何かを問うことができなかったのだ。

――ぼんやりとした意識の向こう側で、誰かが笑い合っている声がする。

青藍は自分が眠っていることを自覚していた。体を起こそうと思ったが、泥のように重くうまく動かすことができない。

ふいに意識の水底《みなそこ》に揺らめく光を見た。

昼間見た、住永のほの暗い泥濘《でいねい》の底に揺れる光だ。弱々しく今にもかき消えてしまいそうなのに、いつまでもこびりついたように頭から離れない。

それが悲しみだと青藍は知っている。自分も同じ目をしていたことがあるから。

かつて青藍は大切な人を失った。

晴れた夜空に昇る、ほの青い月の光のような人だった。その優しさで青藍や陽時や、月白邸の住人たちをいつも見守ってくれていた。

その淡い光だけが、希望だったころがあった。

けれどその人は、もういない。

「――つ、きしろ、さん」

そうつぶやいたとたん、ふ、と意識が覚醒した。

その瞬間、耳に飛び込んできたのは、軽やかな笑い声だった。

「ここ、絶対ここに行ってみたいんです！」

茜の声だ。ソファの向かい側ではしゃいだ声を上げながら、陽時のパソコン画面を指さしている。住永のブログの写真を見ているらしいというのは、なんとなくわかった。

住永から聞いた話は茜の興味を引いたらしい。帰ってきてから茜は、陽時にパソコンを貸してほしいと珍しく遠慮を見せずに頼み込んでいたからだ。

両親を亡くした茜は、歳よりずっと大人びて、いつでも自分のことを後回しにして、己の意志を飲み込んでこらえて、幼い妹を守るために必死に日々を生きてきた。

それが、だんだんと変わろうとしている。

友だちができて、放課後に遊んで帰ってくるようになった。友だちのこと、学校のこと、日々のことを話すようになって。

ぎこちないながらも青藍や陽時に、ときには甘えを見せてくれるようになった。

そうして――自分には夢があるのだと、そっと茜は教えてくれた。

世界は無限なのだと信じている、生き生きとして豊かな茜の笑顔を見ていると、胸の奥がぐっと苦しくなる。まだ生まれたばかりの羽を不器用に動かして、やがて空高く飛び立っていくであろうそのさまを想像するだけで、泣きそうなほどうれしくて。

そして少しさびしい。

背を押してやれるだけの――せめてこの胸の痛みを押し隠して、笑ってやるだけの度量が自分にありますようにと。

たいして信じてもいない神に祈りたくなる気持ちを抑えて、青藍は夢から覚めるように、ふと息をついた。

茜の視線が、ぱっとこちらをとらえる。

「あ、青藍さん、起きました?」

「……ああ」

のそり、と身を起こして乱れた着物の襟《えり》を直す。時刻は夜の八時過ぎ、どうやら夕食の後、そのままソファで眠り込んでいたらしかった。

向かいのソファから、すみれがぱたぱたと駆け寄ってきた。

「おはよう、青藍」

ひょいっと隣に座ってこちらを見上げるすみれに、青藍はなんだかほっとして、その頭をくしゃりとなでた。

「おまえ、仕事しながら寝落ちしたんだよ」

陽時が呆《あき》れたように肩をすくめる。

そういえばそうだったかと、青藍は、テーブルの上に置きっぱなしになっていた写真を見やった。とたんに自分の眉がぐっと寄ったのがわかった。住永から受けた仕事のことを思い出したからだ。

結婚式のために、娘とその結婚相手の幸せな絵を描いてほしい。

そうして受け取った写真を眺めていても一向に頭が働かず、描きたいと指先がうずうずすることもない。

「嫌やな……」

この絵を、青藍は描きたいと思わない。

とてもつまらない。嫌だ。

青藍はため息交じりに、その写真をテーブルに放り投げた。茜が言った。

「でもこれを描かないと、海里さんの店の写真撮ってもらえないんですよね」

あの腕に目をつけた海里はさすがだと青藍も思う。住永がカメラで世界を切り取るさまを、青藍だってこの目で見てみたいと思う。

でも、どうしたって描きたいと思えないのだから仕方がない。

住永の依頼には――心を震わせるものがないからだ。

「描く気がせえへん」

ぼそりとそう言った青藍に、茜と陽時が顔を見合わせた。ややあって、陽時がきゅう、と目を細める。

「おまえが描きたくないなら、仕方ないけどさ」

その隣で茜が葛藤《かっとう》するように視線を宙に投げて、やがて神妙にうなずいた。

「……………もしお断りするなら、早いほうがいいですよ」

茜は本来、責任感が強いほうであるはずだから、一度受けた仕事を放り出すような真似を許すはずがない。その顔は苦渋《くじゅう》の末の決断である、とありありと語っている。

青藍は思わず口元に手を当てて、ふと笑ってしまった。

この二人はたいがい自分に甘いのだ。

青藍は目の前の写真をじっと見つめた。

娘と結婚相手の幸せを語るとき、住永の笑顔はいつだって張りついたようにぎこちなかった。あの本音の上にかぶせられた、一枚の薄いベールがつまらないと思う。

もし描くなら――。

薄暗い水底を思わせるその瞳を、青藍は思い出した。

あの瞳の正体を青藍は知っている。自分が泥濘のなかを這《は》いずっていたころ、鏡の向こうに同じ色を見た。

あれは――深い悲しみの色だ。

とたんにふるりと指先が震える。

もし描くなら、あの水底の瞳が見つめているものがいい。

そのとき、陽時がテーブルの上に放り出されていた写真をとりあげた。

「これさ、ちょっと変じゃない？」

ほら、と写真をテーブルに戻して、こつりとその背景を指先で叩く。

四条大橋の南西、東華菜館の手前から撮った写真だ。『四条大橋』と刻まれた石碑の前、鴨川《かもがわ》と広い空を背景に、住永の娘と結婚相手がうれしそうに笑い合っている。

この写真を撮ったのは住永だろう。二人の笑顔がまばゆい光の中で見事に切り取られていて、淡くぼかされた背景が邪魔にならないように、けれど確かな季節感をもって寄り添っていた。

陽時が指したのは鴨川の南東、そこには劇場、南座が写り込んでいた。工事中なのだろうか、その壁面には足場が組まれているように見えた。

「去年の春の写真だったら、これはおかしいよ」

青藍はぐっと眉を寄せた。確かにその通りだ。

「南座が工事やってたんて、いつやった？」

陽時がさっと手元のパソコンで調べてくれた。

京都の南座は修繕と耐震工事のために、しばらく休館していた時期がある。外観も内装も伝統のそのままに、その迫力ある姿がふたたび公開されたのは、すでに今から何年も前のことだ。

つまりこの写真はそれより以前、まだ工事中だったときの写真ということになる。

ふんふん、とうなずいたすみれがぱっと顔を上げた。

「じゃあ、その人は嘘ついてるってこと？」

「そうなるね」

茜の言葉を最後に、なんとなく沈黙の落ちたリビングで、青藍は口元に手をやってじっと考え込んでいた。

どうしてそんな嘘をついたのだろう。

婚約が去年でも、ずっと以前でもそれをことさら隠す意味はない。

あの水底の瞳が、脳裏にちらつく。

このままはどうにも気に入らない。

青藍はため息交じりに、めったに使うことのない自分のスマートフォンを、袂《たもと》から引っ張り出した。

その日曜日。

茜は青藍とともに、八坂の洋館を訪れた。

丸山《まるやま》公園を抜けた先、長楽館《ちょうらくかん》を通り過ぎて右に折れる。八坂神社にほど近いマンションのはざまに、その小さな西洋館はたたずんでいた。

この洋館はかつて杉山《すぎやま》邸と呼ばれていた。杉山十蔵《じゅうぞう》という人が住んでいたのを、彼が亡くなったために、海里が買い取ったものだという。

明治《めいじ》時代に建築されたもので、三階建て、鳥のように両翼を左右対称に広げている。中央の尖塔《せんとう》には古い時計が、時を閉じ込めたように針を止めていた。

休日の洋館は、観光地らしく客で賑《にぎ》わっていた。

両開きの玄関扉をくぐると、みなそこで必ず息をのんだように足を止める。

その先には、鮮やかな夕暮れが広がっていた。

玄関ホールをぐるりと囲うように描かれた、春嵐の壁画だ。

沈む太陽が、絵の全体を燃えるように鮮やかな朱で彩っていた。

往来《おうらい》をさまざまな人が行きかっている。着物の男女に海老茶《えびちゃ》の袴《はかま》を着けた女学生たち、洋装の紳士やドレスの淑女。朱と緑に彩られた平安神宮《へいあんじんぐう》のそばを通り過ぎていく人力車。

時は明治、文明開化のころ。内国勧業《ないこくかんぎょう》博覧会が行われたおりの東山、岡崎《おかざき》を描いている。

ホールから向かって左は、扇骨《せんこつ》職人が手がけたアクセサリーや小物を扱う雑貨店。右は併設のカフェになっていて、苺《いちご》パフェのパネルがどんと鎮座していた。

SNSで話題になっているのか整理券まで出ているようで、ただでさえ人ごみが嫌いな青藍が辟易《へきえき》とした顔をしている。

二人が通されたのは、二階にある事務所だった。

「まあ、ゆっくりしていき」

出迎えてくれた海里が、ソファに座った茜の前にカフェオレを置いてくれた。自分はティーバッグで紅茶を淹れて、向かいに腰かける。

茜の隣で、青藍がおずおずと海里に問うた。

「……あの、ぼくのは？」

「おまえどうせ飲まへんのやろ？　いるんやったら勝手に淹れ」

海里が涼しげな顔で紅茶を一口すする。青藍がよそで口にものを入れないことを、海里はよくわかっているのだ。

視線を感じて隣をうかがうと、じっとこちらを見つめている青藍が、その視線で切々と何かを訴えてくる。茜はため息をついて立ち上がった。

「キッチンをお借りしてもよろしいですか」

「子どもやあらへんのやから、茜ちゃんも甘やかしたらあかん」

海里の呆れたような視線に苦笑を返して、茜は事務所に備え付けのキッチンに向かった。ケトルでお湯を沸かしながらちらりと後ろを振り返る。

「でも青藍さんも、最近はときどきお茶を淹れてくれますよ」

「そうですよ。ぼくもカフェオレと、あとココアを作れます」

青藍がここぞとばかりに胸をはった。本人の好みがブラックコーヒーなので、そのカフェオレとココアの作り方は、たぶん茜とすみれのために覚えてくれたのだ。

本人は絶対に、そんなことは言わないのだけれど。

「茜ちゃんとすみれちゃんに、下手《へた》なもん飲ますんやあらへんで」

そう言い捨てた海里がほんのわずかに笑っていたから。海里も気がついているに違いなかった。

青藍の前に茜の淹れたコーヒーが置かれて、ひとごこちついたころ。

海里が口を開いた。

「――知りたがってた住永さんのこと、ちょっと調べてみたんやけどな」

あらかじめ海里には、住永から娘の結婚式に飾る絵を描いてほしいと頼まれたこと、そしてそのために受け取った写真が、住永の言葉と齟齬《そご》があるということ。

明らかに住永は嘘をついていて、その理由が知りたいということを伝えてあった。

青藍を住永に紹介したのは海里だ。それもあってか、海里はすぐにあちこちつてをたどって話を聞き回ってくれたらしい。

「……住永さんの娘さん、美也子《みやこ》さんていわはるらしいんやけど——」

そこで一度言葉を切って、海里はふ、と細い息をついた。

「亡くなったはってるんやて」

茜は青藍と顔を見合わせた。青藍の顔があまり意外そうではなかったから、もしかすると見当がついていたのかもしれない。

海里は、青藍が卓の上に滑らせた写真にそっと触れた。後ろに写るぼやけた南座は工事のために足場がかかっていて、しばらく前の姿であると海里にも話してあった。

「それが、ちょうどこの写真を撮ってすぐのころやないかな。結婚も決まって、あとは式だけやていうときに事故に遭《あ》わはったらしくてね」

ひどく痛ましげな顔で海里がそう言った。

住永はもともと早くに妻を亡くし、娘と二人で暮らしていたそうだ。その娘が亡くなって、住永はあの家にたった一人で残された。

その気持ちを思うと茜も胸の奥がぎゅう、と痛む。茜もまた残されたものだからだ。

「ここ数年、ほとんど仕事したはらへんかったのも、それがあったからなんやて思うよ」

けれどその住永は、海里の店の写真は撮ってもいいという。

春嵐の絵と引き換えに――。

「……死者の絵か」

視線を宙に投げていた青藍が、やがてぽつりと言った。

茜が首を傾《かし》げたのがわかったのだろう。

「ぼくも詳しいわけあらへんけど――」

青藍がそう前置きしてから続けた。

「若《わこ》うして亡くなった人の婚礼の絵や、花嫁や花婿《はなむこ》の人形を収める風習があるていうのを、聞いたことがある」

結婚せずに亡くなってしまったものへの供養《くよう》として、架空の花嫁や花婿を模した人形や、死者の婚礼の絵を奉納《ほうのう》するのだ。

それを聞いて茜は、はっと目を見張った。思い出したのはあの住永のブログだ。

あのあと茜はそのURLをスマートフォンに登録して、すみれと一緒によく眺めている。

世界の写真の中に、確かにそれらの情景があったことを茜は思い出した。

それは美しい田園風景に交じってのせられていたものだ。幸せそうに笑う結婚式の絵や写真が奉納されているものや、花嫁や花婿を模した人形が、ずらりと並べられている写真だった。

もしあれが青藍の言うところの、死者への供養であるとするなら。住永はそういう風習があることを知っていたのだ。

「その土地の風習とか宗教観とか、いろんな理由があるらしいけど……一番は、あの世で幸せであれと願う人らの気持ちなんやろうな」

祈るように響いた住永の言葉が、脳裏で繰り返される。

青藍の絵はきっと目に留まる――幸せの神様が見つけてくれるのだと。

「住永さんは、亡くなった娘さんを弔《とむら》いたいんでしょうか」

そのために青藍に絵を依頼した。行われるはずだった結婚式を、せめてあの世で挙げることができるように。

この美しい人の描く絵ならばきっと。神様もその目に留めてくれるだろうから。

目の奥がぐっと熱くなって、茜は何度か瞬きを繰り返した。

こつりとテーブルを指で叩いたのは、青藍だった。わずかに目を細めて、考え込むようにまたこつりと繰り返す。

「それやったら端《はな》から言うてくれはったらええやろ。なんで嘘までつかはったんやろうか」

「死んだ人を描くのは気持ちの上で、はばかられるいう人もいたはるからてことやないか」

海里の言うことはもっともだ。

けれど青藍はどこか納得がいかないとばかりに、ぎゅう、とその額《ひたい》に皺を寄せた。そうしてふと顔を上げる。

「海里さん、その娘さんの結婚相手やったという人は、今どうしたはるんですか?」

写真の右側で、住永の娘、美也子と並んで照れくさそうにはにかんでいる男性だ。美也子よりやや年上だろうか。心もちふくよかで優しそうに見えた。

「ああ、その彼氏さんなあ」

美也子の彼氏は、名字が飯沼《いいぬま》というそうだ。名前は海里も知らないと言った。

「当時はえらい悲しんだはって、仕事もしばらくできへんかったらしいんやけど……」

もうすぐ結婚するという相手が突然亡くなったのだ。当然のことと思われた。

「一年くらいまえに、別の人と結婚しはったらしいて聞いた」

それを聞いた青藍がわずかに目を見張った気がした。やがて瞼《まぶた》を伏せて深く嘆息《たんそく》する。

「……そうか」

青藍はテーブルに放り出されていた写真を手に取った。そこでは美也子と飯沼が幸せそうに笑っている。

時間は戻らない。悲しいけれど、その幸せはもう失われてしまった。

「それは……あかんのやろなあ」

それから、青藍はじっと腕を組んで黙り込んでしまった。けれどその表情は切なさをはらみながらもどこかすっきりとしていて。

ああ、すべてわかったのかもしれないと、茜は思ったのだ。


それから一週間ほどたったある夜。

その日青藍は夕食の時間になっても、リビングに顔を出さなかった。

最近は青藍も、みなで集まって食事をとる時間を大切にするようになった。けれどそれでも、ときおりこうして出てこないことがある。

たいていは仕事に集中しているとき――絵を描いているときだ。

そういうとき茜は邪魔をしないように、青藍の部屋に食事を差し入れることにしていた。ほうっておくと、一日でも二日でも平気で食事を抜いてしまう人だから。

盆の上、手のひらほどの小さな椀には、春らしく菜の花とそら豆のサラダ。その隣は、冬の名残《なごり》の大根とぶりをたいたもの。青藍の好きな固めの豆腐と初鰹《はつがつお》のたたき。

どうせ酒を飲んでいるだろうから白米はつけずに、代わりに水差しにたっぷりの水を入れて一緒に持っていくことにした。

離れを訪ねると、障子《しょうじ》の向こうに淡い光を透かしていた。

「青藍さん」

声をかける。返事はすぐにはない。

庭を春の風が吹き抜けた。ざわりと大きく揺れた桜の木が、もう残り少なくなった花びらを散らす。

あと数日もすればすっかり葉桜になるだろう。

春の背を見送るように茜が風の吹くその数瞬の沈黙を楽しんでいると、ややあって障子の向こうから答えがあった。

「……入り」

どこかぼんやりとした声だった。こちらに意識を向けていないのが丸わかりだ。

目の前に、ほかに集中するものがあるからに違いなかった。

障子を開けた茜に青藍は、何しに来たとも問わなかった。こちらをちらりとも見ようとしない。

いつもは立てかけてある畳を板間に引き出して、そのうえで絵に覆《おお》いかぶさるようにして筆を握っていた。美術室のような絵具と膠《にかわ》のにおいがする。

おびただしい数の小皿が畳の上に散乱していて、花びらが散ったようにさまざまな色の絵具が作られていた。

茜は胸の奥が震えるのを感じた。

この人が絵を描いている姿を見るのが、茜はなにより好きなのだ。

一抱《ひとかか》えほどもある木枠に和紙が水張りされている。その上を、何かに導かれるように、迷いなく筆先が滑る。

目を引くのは、さまざまな緑だ。緑青《りょくしょう》に若竹、草色、黄緑……。

そうして、白。

荒い粒子の絵具を混ぜたのだろう、淡い部屋の明かりを、砕いた宝石のようにキラキラと反射していた。

茜は盆をそっとテーブルの上に置いた。

「ここにいていいですか」

顔も上げずに青藍がうなずいた。

その手がそばの小皿をつかむ。ごつごつと節ばった長い指が沈澱《ちんでん》した絵具を溶く。皿の底をこするさりさりという音が、春の風に混じってひどく優しく聞こえた。

茜はずるずると床に座り込んで、ほう、とため息をついた。

この人が絵を描いているそのさまを、美しいと思う。

黒曜石のような深く黒い瞳がまるで星を散らしたように輝いて、その視線の先だけに、心のすべてを注いでいる。

己《おのれ》の描く絵の世界に墜《お》ちて、溺《おぼ》れてしまいそうなほどに深く。

いつまでもずっと見つめていたい。

この人のことを、もっとたくさん知りたい。

いつ笑うのか、いつ悲しむのか、何が好きで何が厭《いと》わしくて何を美しいと思うのか。

その瞳がとらえている世界を、もっと深く知りたい……。

茜はいつのまにか床に投げ出していた手の指先を、ぐっと握り込んだ。

最近、おかしい。自分がとても欲張りになったような気がする。

今までは、青藍と月白邸の支えになれればそれでよかったはずなのに。もっと、ずっと、その先へ進みたくなる。

この気持ちに目を向けることを、茜はずっとためらっている。

だって茜と青藍は家族だ。失ったものを埋めて、互いを大切に慈《いつく》しむ唯一《ゆいいつ》の家族だから。

春の風に身を預けながら、茜は唇を結んだ。

自分の力で世界を見て踏みしめて、青藍と月白邸に寄りかからなくなったとき。

きっと初めて──わたしは、この気持ちに向き合うことができるはずなのだ。

4

連休を間近に控えたその日曜日は、すでに夏を感じる陽気だった。

茜《あかね》と青藍《せいらん》はふたたび住永《すみなが》の家を訪れた。青藍は一抱《ひとかか》えほどの平たい風呂敷包みを携《たずさ》えていた。完成した住永のための絵だった。

リビングに迎え入れてくれた住永は、風呂敷に包まれたその絵を前に安堵《あんど》と痛みと、そして妙にほの暗い湿度を持った声で言った。

「ありがとうなあ」

明かりの落とされたリビングは、窓からの光が燦々《さんさん》と差し込んでいる。それが住永の顔に深い影を落としていた。

「お返しします」

風呂敷に手をかけた住永を制するように、青藍がその上に例の写真を置いた。

ちらりと視線をやったのは、和室にある仏壇だった。前に来たときは気がつかなかったが、妻の写真の後ろには位牌《いはい》が二つ置かれていた。

「——……娘さんは、亡くなったはるんですね」

青藍の言葉に住永が息を呑んだ。青藍の指先が写真の上を滑る。

「これは、去年の春の写真やないですよね」

すぐに南座《みなみざ》のことだと気がついたのだろう。住永は、ああ、と吐息《といき》をこぼすようにそうつぶやいた。

「勝手に調べて、申し訳ない思てます」

「いや……ええよ。ぼくが最初から言うてたらよかったんや」

住永が目を伏せた。

それはこの写真を撮った年の梅雨《つゆ》のころ。不幸な事故だったという。

「地面が水没するぐらいの、何年かに一度の大雨でね。車で職場から帰ってくるとこやった。……タイヤが滑って柵にぶつかってそれきりやった」

梅雨が明けたらすぐに籍を入れて、式を挙げる予定だった。

「神さんは残酷やなあ……」

だから、と住永が両膝《ひざ》に手をついて深く頭を下げた。

「せめて結婚式だけでもさせてやりたくて、あんたにお願いしたんや。供養《くよう》やからて、死人の絵を描かせるんは嫌がられるやろう思て……嘘をついてしもた。悪かったなあ」

青藍が小さく首を横に振った。

「いえ。娘さんは気の毒や思います。住永さんが、あっちの世界での娘さんの幸せを願うのは当然のことや」

でも、と青藍がぐっと唇を結んだ。

「あの世の幸せのために、生きてる人間を差し出したらあかんのですよ」

住永の顔がこわばったのが、茜にもわかった。

「この手の供養はたいてい、亡くならはった人と、誰でもない架空の相手を用意するんです。いま生きてる人間を模すのは……はばかられるんとちがうやろか」

茜はその青藍の言葉を、じっと顔をうつむけて聞いていた。

住永が知らないはずがないのだ。彼が撮った写真の中には、死者の婚姻を描いた絵や、花嫁や花婿の人形を撮ったものも残されていたから。

だから住永は、そのことを青藍に伏せていたのかもしれない。

嫌がられるのは死者の絵を描くことではなく、その伴侶《はんりょ》として生きた人間を描くことだとわかっていたから。

住永の瞳の奥で光が薄れていく。ああ、またあの色だ。深く恐ろしくそうして悲しい。

「……ええやんか」

ぐっと住永の声が低くなった。

「どうせ、そいつが死んだりするわけやない。呪いやオカルトなんかどうでもええし、あの世なんかあらへん。神様も仏様もいてるわけない。美也子《みやこ》はただからからの骨になって墓の下、飯沼《いいぬま》くんは――」

娘と結婚するはずだったその男の名を、住永は苦々しげにつぶやいた。

「別の人と結婚して、あいつだけが幸せになって……」

その声は低く鳴動していて、獣が牙を剝《む》き出してぐるるると唸《うな》るのによく似ている。

「そんなんは、美也子がかわいそうや、かわいそうやあ……」

泣き笑いのような声だった。

「だから……せめて絵の中だけは、二人でもええやんか」

青藍が、首を横に振った。

「死んだ人間のために、まだこの世で生きてる人間を添えるのは、ぼくは嫌や」

きっぱりとした拒絶だった。

それはもしかすると、自分自身に言い聞かせているのかもしれないと茜は思った。死んだ人にとらわれる切なさを青藍は十分に知っている。

茜は自分の目ににじんだ涙を、すっと拭《ぬぐ》った。

「いい人でしたよ、飯沼さん。会いに行ったんです。青藍さんと一緒に」

住永がわずかに顔を上げた。

青藍が生前の美也子のことを知りたいというから、海里《かいり》があちこち手を尽くして、ある電話番号を送ってくれた。美也子の元婚約者である、飯沼久史《ひさし》の番号だった。

飯沼は結婚した後、京都からほど近い大阪《おおさか》府の吹田《すいた》市に引っ越したそうだ。

吹田駅近くの喫茶店で会った飯沼は、写真より少し痩《や》せていたけれど、穏やかで優しそうな雰囲気はそのままだった。

「どうしても消せないんだって……美也子さんの写真を見せてくれました」

古いスマートフォンは、その写真のためだけに取って置いてあるのだと飯沼は言った。

そこには、美也子と撮ったたくさんの写真が残されていた。

「飯沼さんは今、結婚してすごく幸せなんだそうです。でもあのとき……美也子さんといたときも幸せだったんだって。忘れていないと教えてくれました」

痛みを整理して悲しみを飲み込んで、人はなんとか、這《は》うような速さでも前に進んでいく。そういう生き物なのだと思う。

青藍は紫色の風呂敷包みを、するりとほどいた。

深みのある茶の額縁《がくぶち》は装飾がなく、その内側は三センチ幅ほどの白い上質なマット紙で囲われている。

その向こうは深い森だった。

新緑の季節、空まで覆《おお》い隠すような木々が天に向かって伸び上がるように生《お》い茂っている。風が吹き抜けて揺れる葉が、枝が、どれも現実感がないのは、一つ一つがきれいすぎるからだと茜は気がついた。

葉にも木々にも瑕疵《かし》の一つもない。葉のどれもがそろえたように同じ形で調和を損《そこ》なうことがなく、ただ整然と色が折り重なっている。

それがこちらの世界ではないと、漠然《ばくぜん》と突きつけられているようだった。

一人の女性がこちらを振り返っていた。

美也子だ。真っ白なドレスを纏《まと》っている。

腰からはたっぷりのレースがドレープ状に重なっていて、空から降りる太陽の光が裾《すそ》に木々の影を揺らめかせていた。

艶《つや》やかな黒髪を結い上げて、宝石の散った小さなティアラから、その顔を薄く覆うようにベールが降りている。

彼女の視線はまるでこちら側にいる誰かを見つめているようだ。目を細めてその頰を赤らめ——この世の幸せがすべてここにあると言わんばかりに、幸福そうに微笑んでいた。それは訪れるはずだったその瞬間を切り取った写真のようでいて、決してこちらとの境界線を見誤らせない。

わたしたちは、この絵のこちら側で確かに生きるのだ。

この絵にはそういう、強い意志があった。

「飯沼さんから聞きました。美也子さんは森や山が好きで、二人で出かけるときはいつもそういう場所ばっかりやったって。緑の中で写真が撮りたいから、式場はきれいな庭のあるところにしたはったそうですね」

青藍の言葉に、住永の目が大きく見開かれた。その瞳によどむ暗い水面《みなも》に石を投げ入れたように、水の膜が張ってゆらりと揺れる。

ほろほろと、住永の目から涙がこぼれ落ちた。

「かわいそうやぁ。こんな若《わこ》うして。幸せになるはずで、きっとあっちで一人でさびしがってるやろうて思て……なんてかわいそうやて……」

額縁を両手でつかんで、絵を覆うガラスにこつりと額《ひたい》を押しつける。かわいそうだ、かわいそうだとこぼし続ける住永を、茜と青藍はただじっと見つめていた。

――どれくらい過ぎただろうか。

初夏を感じさせる爽《さわ》やかな風に吹かれて、どこかの軒下でちりん、と風鈴が鳴った。

青藍がぽつりとつぶやいた。

「ぼくも、神さんもあの世も信じてへん。死んだらそれまでやて思う人間です」

茜はその青藍の言葉を、じっと顔を伏せて聞いていた。

「祈りも願いも死んだ人間に届くかどうかなんか、わからへん。だからこういう供養ていうんは、死んだ誰かのためやなくて……」

は、と一度深く息を吐き出して。自分に言い聞かせるように、ゆっくりと青藍は言ったのだ。

「ぼくたち、生きてるもののためにある」

亡くなった相手を悼《いた》み、そして幸せであったはずの、もう訪れることのない未来を思う。いなくなってしまった悲しみに泣いて、泣いて泣いて、そしてときどきその思い出に笑顔を浮かべて。

そうして日常に戻っていく。

悼むというのは、そういうことだ。

死者と生者の間には、越えられない線がある。その線の向こう側を思いながら――わたしたちは、こちら側で這ってでも生きていかなくてはいけないのだ。

この世のすべては死者のためになく、生きている人間のためにあるのだから。

「だからこの絵は、美也子さんのためやない。住永さんのために描きました」

暗い池があふれるように、住永の瞳から涙が押し出されていく。

よどんだ悲しみが流れ出たその先に、きっと新緑の季節のようなまばゆい太陽が照らすのだろう。

5

燦々《さんさん》と降り注ぐ初夏の光が、川面《かわも》にちらちらと反射している。広い鴨川《かもがわ》は、しばらくまとまった雨が降っていないせいか、石畳の底が透けて見えるほど澄んでいた。

とうとうと流れる川の音に、軽やかな住永《すみなが》の声が混じった。

「七尾《ななお》さん、カメラ見んといて、ちょっと遠いところ見て。うん、そうやって笑《わろ》ててええから」

シャッターの軽い音が、ぱたぱたと連続して聞こえる。黒々としたカメラは住永の大きな手にしっくりとなじんでいた。筒のようなレンズの先端がじっと茜《あかね》を向いている。

それを意識すると緊張で体がこわばるのを、この一時間ほどで嫌というほど茜は学んだ。

だからそちらは見ずに、視線はどこかへ投げて……。

ふ、とじっとこちらを見つめるその人と目が合って、茜は思わず肩をすくめた。

青藍《せいらん》である。

「なんでそんな不機嫌そうなんですか」

呆《あき》れた顔で言うと、着物を懐手《ふところで》にしたままの青藍がふい、とよそを向いた。

隣でけらけらと笑っているのは陽時《はるとき》だ。

「茜ちゃんがこのモデルの件、昨日まで教えてくれなかったから、拗《す》ねてんだよ」

長い足に沿うようなデニムに、今年新調したというオーバーシャツは、ブルーのストライプ。金色の髪が太陽に輝いて、道行く人たちがちらちらと視線を投げかけていく。どちらがモデルかわかったものではない。

住永が海里《かいり》の店の、リーフレットの写真を撮るにあたって、茜がそのモデルを頼まれたのである。店舗で取り扱っている商品を身に着けて、顔はほとんど写らないからと言われて、ずいぶん悩んだが引き受けることにした。

それを打ち明けたのが、ギリギリになった昨日のことだ。

「すみません、ちょっと照れくさくて……」

「すみれは知ってた！」

　青藍の足元で、すみれがふふんと得意げに胸を張った。まるで秘密の共有者であることを誇るように。それを見た青藍が悔しそうにそっぽを向くものだから、茜はなんだかおかしくてくすくすと笑った。

「茜ちゃん、ちょっとこっち」

　すっと陽時の手が伸びて、茜の襟元《えりもと》を直してくれる。よし、と満足そうにうなずいて、ちらりとこちらに視線をよこした。

「でもほんとにもうちょっと早く言ってくれたら、服だってちゃんと凝《こ》ったの探したのに」

　今、茜の着ている服を見繕《みつくろ》ってくれたのは陽時だ。

「これで十分ですよ……」

　淡い水色のロングシャツワンピースに、デニム、白のハイカットスニーカーは、いま耳につけている扇子《せんす》形のイヤリングが映《は》えるようにすべて無地だ。

　海里からはいつもの格好でいいと言われていたのだが、そういうわけにはいかないと、昨日ファッションビルの上から下までを、陽時に引きずり回されたのである。

「――茜ちゃん、ありがとうね、問題あらへんて」

　写真をチェックしていたらしい海里が、住永を伴《ともな》って戻ってきた。カメラのレンズを外しながら住永がにこやかに笑う。

「七尾さんのおかげで、ええ写真になったわ」

「わたしも、撮っていただけてうれしかったです！　一生の思い出です」

プロのカメラマンに写真を撮ってもらうことなど、普通の女子高校生にとってはもう一生巡ってこない機会だ。それも住永ほどの腕を持つカメラマンとなればなおさらだった。

住永は茜と青藍を交互に見やって、いや、と首を横に振った。

「ぼくが撮れるようになったのは、きみらのおかげやから」

住永はまた写真を撮るようになった。この海里の仕事を皮切りに、来月からふたたび海外に行くそうだ。

ふとした瞬間に、住永の瞳にはまだあの暗い影が落ちることがある。簡単に飲み込みきれない深い喪失は、きっと誰もが心に抱《かか》えているものだ。

その失ったものをそっと過去に置いて、みなここから歩いていくしかないのだ。

ことさら明るい顔で、住永が海里を振り返った。

「これで予定の写真は終わりやけど、ええんか？　そっちの二人も撮らんで」

青藍と陽時のことである。川べりに座り込んでいる人たちの視線が、先ほどからちらちらと二人に注がれているのに、住永も気がついていたらしい。

「いや、それも考えたんやけど……」

海里が大真面目《おおまじめ》に腕を組んで、やがて大仰《おおぎょう》に嘆息《たんそく》した。

「こいつらのほうが派手やさかい、せっかくの商品が埋もれてしまいそうやからね」

「ああ……」

妙に納得したという表情を浮かべた住永に、なんだか複雑な気持ちになったのは、このたびモデルとして抜擢《ばってき》された茜のほうである。

「……陽時さんや青藍さんに比べたら、だいたいみんな地味ですよ」

ふん、とよそを向いた茜に、海里がくすくすと笑った。

「冗談やて」

すっと流れるような目元が笑みの形になってこちらをとらえるのに、なんだかどきりとする。この人もたいがい美しいいでたちをしているので、陽時の華やかさとはまた違った魅力があるのだ。

海里がスマートフォンを取り出して車を呼んだ。住永のほうを向いて小さくうなずく。

「すみませんが、もう一カ所、撮ってほしいところがあるんです」

「ええけど、鴨川で終わりや言うてへんかったか?」

住永がきょとんと首を傾《かし》げる。

「この子のアルバイト代を払わなあかんので」

海里がとん、と茜の肩を叩いた。

——鴨川から車に乗ってほんの数分。

月白邸《つきしろてい》の前で降ろされた青藍が、不思議そうな顔でこちらを見やった。

「うちやないか」

「はい」

二人を促《うなが》して月白邸の門をくぐって石畳を抜ける。やや傾きかけた初夏の光が風に揺れる梢《こずえ》の影を、鮮やかに地面にうつし出していた。

選んだのは、いつもの引き戸の玄関先だ。

「青藍さんがこっち、陽時さんはその横。すみれ、こっち来て」

きょとんとしていたすみれが、素直にぱっと走ってきた。手を差し出すとその小さなふっくらとした手が重なる。

「わたしとすみれが、前です」

それでようやく、青藍も陽時も、茜が何をしたいか察したようだった。

「写真か……」

ぼそりと青藍の声が聞こえて、茜は後ろを向いた。

「みんなで撮った写真が、一枚ぐらいあってもいいと思ったんです。どうせだったら、すごいカメラマンさんに撮ってほしいじゃないですか。だから海里さんにお願いしました」

モデルを引き受ける代わりに、住永に写真を一枚お願いしてほしい。そう頼むと、海里は快《こころよ》くうなずいてくれた。

「どうやって写る？　ポーズどうする？」

陽時などはやる気十分で、すみれと二人でああでもないこうでもないと言い合っている。

石畳の向こうで住永が言った。

「ほんなら、撮るで」

「めいっぱい、笑ってくださいね」

茜がそう言ったとたん、見事に青藍の顔が引きつったのが茜にはおかしくてたまらなかった。

住永からもらったデータを、茜はその日のうちにコンビニでプリントした。

両手のひらに収まってしまいそうなほど小さな写真の中で、茜とすみれが笑っている。

その後ろでは満面の笑みを浮かべる陽時と、結局笑顔に失敗した青藍が、何とも言えない顔で収まっていた。

緑の萌《も》える庭と石畳。

いつも「ただいま」と「いってきます」がある、月白邸の玄関。

一瞬の光の揺らぎと表情を切り取ってしまう住永の腕は、確かだった。

茜の恋しくてたまらなかった家族そのものがそこにある。

あらかじめ買ってきてあった写真立てに入れて、月白《つきしろ》とその住人たちの写真の横にそっと立てかけた。

一つ区切りがついたのを感じた。

ここはわたしの、本当に家族の家になったのだ。

これまで茜の心は高円寺《こうえんじ》で死んだ母と、上七軒《かみひちけん》で死んだ父のそばにずっとあった。どれだけ月白邸が大切でも、そこには必ず線引きがあった。

でも、それがようやく消えさったのだと思う。


ここはわたしの、大切なおうちだ。

泣いて笑って失敗しても帰ってくる場所がある。
だから——わたしは、未来に歩きだすことができるのだ。

二　花のことば

1

連休も明けてしばらくたったその日曜日、空には初夏の太陽がぴかぴかと輝いていて、すみれの大好きな月白邸《つきしろてい》の庭をこれでもかと照らし出していた。

もう夏が、すぐ近くまで迫っている。

すみれは、この春で小学三年生になった。

自分でもちょっと大人になったんじゃないかと思う。教科書の漢字は全部読むことができるし、算数はクラスの中で一番得意だ。それから英語の授業だって、いつも手を上げてえらいね、と先生に褒《ほ》められるのだ。

「あれ、おはようすみれちゃん」

リビングから暖簾《のれん》を跳ね上げたところで、キラキラした金色とすれちがった。陽時《はるとき》だ。

冬までは茶色かった髪は、去年のように金色に戻っている。すみれはそれがうれしかった。蜂蜜のようなその金色が、すみれは大好きだったから。

「おはよう、陽時くん」

陽時を言い表すなら絵本やアニメに出てくる王子様だ。ときどき周りに星やハートが散って見えて、とても格好いい。

でも最近、陽時はちょっとだめだ。

前はお休みの日でもいつだって、ファッション雑誌で芸能人が着ているようなオシャレな服だった。髪だってワックスやスプレーでびしっと整えられていたのだ。

けれどここしばらく、ジャージとかスウェットばかり着ているような気がする。

せっかくの金髪だってぴょこぴょこと跳ねていて、ときどきふにゃりと気が抜けて眠たそうだ。

いつもにこにこの笑顔だったのが、難しい顔も面倒くさそうな顔も、ぼーっと何を見つめているのかよくわからない顔もするようになった。

だからすみれは少し不満だ。これではお休みの日のお父さんみたいだ。すみれのお父さんが元気だったころは、お店の定休日はいつもこんな感じだった。

一度、姉にそう言ったらなんだかとてもうれしそうだった。

陽時は今まで、おうちにいるときもいつもちょっと緊張していたそうだ。けれど今は、ここを本当のおうちだと思えるようになった。だから安心してふにゃっとしているのだ。

笑いながらそう言った姉の言葉に、なるほど、とすみれも思った。

陽時は今までそうじゃなかったけれど、これからは月白邸ですみれや茜のそばにいてほっとしたり、あったかくなったりするのだろう。

それはなんだか、すごく素敵なことのような気がした。

だったら、ちょっとぐらいふにゃっとしていてもまあいいか、とすみれは思うのだ。

代わりにオシャレになったのは、なんといってもすみれ自身である！

陽時の周りを、見せつけるようにぐるっと一周する。くすっと笑った陽時が、ぽんとすみれの頭をなでてくれた。

「すみれちゃん、今日は髪型変えたんだ、かわいいね」

陽時はできる王子様なので、新しい服や髪型にいつも最初に気がついてくれるのだ。

「そうなの！　自分でやったんだよ」

姉に借りたスマートフォンで、動画を見ながら朝から頑張ったのである。

いつも頭のてっぺんでくくっている髪を、今日は左右に分けて耳の後ろでとめてある。

それから、この前買ってもらったピンもつけているのだ。

「そっか、似合ってる」

「ありがと！」

すみれはぱたぱたと陽時の横を駆け抜けた。今日のすみれの仕事を完遂《かんすい》しなくてはいけないからだ。

すみれの仕事は、家主《やぬし》を起こすことである。

「青藍《せいらん》、おはよう、おはようー！」

すぱんっと障子《しょうじ》を開けて青藍の部屋に飛び込む。目につく障子をすべて開けると、爽《さわ》やかな朝の光が差し込んできた。

それに照らされるように、どん、と大きなお饅頭《まんじゅう》が布団《ふとん》の上に転がっていた。掛け布団をぐるりと巻き込んで丸まっている、青藍だ。頭のところから、黒い髪がぴょこっとはみ出しているし、足が長いせいでお饅頭に収まりきっていない。

「おきて！　朝！」

すみれは容赦《ようしゃ》なく、青藍の布団を引っ張った。

「うう……っ」

この間観《み》たホラー映画のゾンビみたいな声がした。布団饅頭の中に足がひょいっと引っ込んで、ぎゅうぎゅうとさらに丸まろうとしている。

こういうのを、オウジョウギワが悪い、というんだと陽時に教えてもらった。オウジョウギワ、が何かわからないが、たぶん諦《あきら》めが悪いということなんだろう。

「朝！」

勢いよく布団を引っぺがすと、不機嫌そうな目がじろりとこちらを見た。

「……すみれか」

たっぷりの沈黙の後、観念したようにのそのそと青藍が体を起こした。軽く頭を振って、なんとか二度寝できないかと名残惜《なごりお》しそうに布団を見つめている。

青藍は、朝はいつもだめだ。

こうやってすみれが起こしに来ないと昼まで寝ているし、朝まで起きていて昼から寝ていることもある。学校の先生は、そういうのは生活リズムがおかしくなるから、絶対だめだって言っていた。だからすみれは青藍の健康を守っているのである。

「おはよう青藍」

すみれはじっと青藍の顔を見つめた。もどかしくなって、周りをぐるぐるっと二周する。ちょっとヒントになるように、軽く頭を振ってみた。

「……眠い」

やっぱり青藍はだめだ。

「見て、青藍！　髪！」

「…………何、髪？」

朝の青藍は全部ちょっとずつ遅い。

「新しい髪型にしたの。ほら、かわいい」

ううん、とうなりながら、かわいいかわいい、とぼそぼそつぶやく青藍は、絶対に適当だ。むっと唇を尖《とが》らせたすみれの前に、すうっと影が落ちた。青藍が立ち上がったのだ。

青藍はとても背が高い。布団のほかにもよく寝転がっているリビングのソファからもはみ出している。

だから青藍が立ち上がると、すみれは一生懸命見上げなくてはならないのだ。その表情も声も遠くなって……ちょっとだけ不安になる。

青藍の大きな手のひらが、ぽん、とすみれの頭にのった。

「おはよう、すみれ」

腰をかがめて、青藍はちゃんとすみれの顔を見てくれる。

それがすみれはとてもうれしい。朝も起きられないし、せっかく挑戦した新しい髪型にも気がついてくれない、だめなところがいっぱいあるけれど。

すみれは、青藍が大好きなのだ。

リビングでは、姉の茜《あかね》が朝ごはんを用意してくれていた。

スライスした丸太を並べたようなテーブルの上には、サンドウィッチの大皿が置かれている。きれいにカットされた切り口から色とりどりの具材が見えていて、すみれはわあっと歓声を上げて駆け寄った。

「朝からすごいねえ、茜ちゃん」

コーヒーと、すみれのためのココアを淹《い》れてくれていた陽時が、目を丸くしている。

「残りもの、全部使っちゃったんです」

確かにサンドウィッチには、定番の卵に胡瓜《きゆうり》、ハム、ツナに加えて、昨日の残りの豚肉の生姜《しようが》焼きや、ゴボウサラダ、変わったところではヨーグルトと缶詰めのパイナップルなんかがはさんであった。

どれも冷蔵庫にちょっとずつ余っていたものだ。日曜日の朝は冷蔵庫のスペースをあけるために、残りものを茜が工夫して出してくれることが多い。

「日曜日は、お買い物の日だもんね」

すみれはわくわくと目を輝かせた。

近くの大型スーパーか、遠出をするときは京都駅のショッピングモールまで行くこともある。そういうときは、フードコートでアイスクリームを食べたり、映画を観たりすることもあった。

姉は高校生で受験生だからたくさん勉強もしなくてはいけない。だから学校にいる時間も、小学生のすみれよりずっと長いのだ。

……最近は、特にそうだ。

休みの日まで学校にいて、帰ってくるのも遅い。

だからすみれは、毎週のこの買い物を楽しみにしている。姉をめいっぱい独占することのできる時間だから。

けれど茜は、どこか困ったような顔をしていた。

「ごめんね、すみれ。わたし今日オープンキャンパスなんだ」

楽しい気持ちに、ふいに冷たい水をかけられた気分だった。

姉は最近、大学に進学にすることを決めた。そのために、いろいろな学校の見学に行っているのだという。

「友だちと勉強して帰ってくるから、ちょっと遅くなるかも。お買い物はまた来週ね」

ざわり、と言いようのない黒いものが、ぐるぐると胸の内にわだかまるのを感じる。

確かに〝日曜日のお買い物〟は約束じゃない。

でもなんだか、さらりと姉に見捨てられたような気がして。すみれはぐっと手のひらを握りしめた。

すみれと茜はいつだって一緒だった。すみれのことを一番大事にしてくれて、絶対に自分を置いてどこかに行ったりしないはずなのだ。

それが変わってきたのは、去年の秋ぐらいからだろうか。

茜には学校でたくさん友だちができたのだという。受験勉強で疲れていると言いながら、学校から帰ってくる姉の顔はとても楽しそうだ。

姉が笑っているのはうれしいことのはずなのに、なんだかとてもさびしいとも思う。すみればかりが置いてきぼりになっているような、そんな気がするから。

「すみれも行く」

ぎゅっと茜の制服をつかんだすみれを、陽時がなだめるように肩を叩く。

「おれと遊びに行かない？　すみれちゃん」

「行かない。すみれは茜ちゃんと行く。茜ちゃんといる……」

すみれは知っているのだ。こうやってぎゅっと抱きついて、すみれがさびしがっていることがわかれば、いつだって茜は仕方ないなあと笑って折れてくれる。

今までずっとそうだった。

「──ごめんね、すみれ」

ぞわ、と体中が冷たくなったような気がした。

顔を上げた先で、茜が困った顔で笑っている。

嫌だ。そんなはずない。だってすみれと茜は、いつだってお互いが一番大切なはずなのに。姉がすみれを拒絶するなんて。そんなこと、絶対にだめなのだ。

「……やだ」

どうしようもないぐるぐるとした気持ちは、すみれの思っていることを上手に言葉にしてくれなかった。ただイライラと嫌な感情だけが口から吐き出される。

「やだ、嫌！　なんで……」

どうして思い通りにならないのだろう。どうしてそんな困った顔をするのだろう。

すみれのそばにいてくれない茜ちゃんなんか……大っ嫌いだ。


――翌週の土曜日。月白邸《つきしろてい》への訪問者は、リビングのソファで膝《ひざ》を抱《かか》えて丸まっているすみれを見て、怪訝《けげん》そうに問うた。

「どうしたんや、七尾妹《ななお》」

困惑《こんわく》したように首を傾《かし》げているのは、三木涼《みきりよう》である。

今年二十五歳になる涼は月白邸の元住人だ。今は広告代理店ＥａｓｔＧａｔｅに勤めていて、ときおり青藍に絵の依頼を持ってくる。

茜と同じくらいの身長に、左右の耳にはごついシルバーのピアス。やや幼さを残すその顔立ちにスーツの取り合わせは、ブレザーを着た男子高校生に見えなくもない。

「先週から、ずっとこんな感じなんです」

茜は持て余したように肩をすくめた。

すみれは誰ともほとんど話すことなく、リビングでも姉妹の住居である離れでも、体を丸めて部屋やソファの端っこに収まっている。青藍を起こしに行くという仕事だけは全《まっと》うしているが、それも布団をはがして無言で帰ってくるという有様らしい。

先週、茜と出かけられないと知って、泣きわめいてからずっとこうだった。

「わたしが忙しくて、最近すみれとあんまり出かけたりできなかったんです。だから拗《す》ねちゃったのかな……」

四月に入って茜は目に見えて忙しくなった。受験を決めると、あれよあれよという間にやるべきことが押し寄せてくる。補習に説明会にオープンキャンパスと、平日も休日も何かと時間を取られることが多くなった。

「ああ、七尾姉は来年受験やもんなあ」

涼の言葉に、茜は苦笑した。

「それもあるんですけど、今年もわたし、クラス委員長になっちゃって」

一年生の二学期からで半年ずつだから、これで四期目である。二年生から三年生への進級ではクラス替えもないので、特に誰も反対することなく決まったのだ。

涼が呆《あき》れた顔で肩をすくめた。

「今年は、自分でやりたいって言っちゃったので」

これまでは推薦——つまりは誰かの消極的な押しつけだったのだけれど、今年茜は初めて自分で手を上げた。

「忙《いそが》しいなあ……」

茜の心にはいまだ、ほろ苦い後悔が残っている。

去年、茜のクラスの生徒が一人、学年の途中から登校しなくなった。泉堂多香子《せんどうたかこ》という女子生徒だ。どうしてもクラスになじめなかった彼女は、保健室や、好きだった絵を描くために美術室に通っていた。

文化祭をきっかけに、茜は多香子と話すようになったのだけれど、結局この三月で多香子は学校をやめることになった。時間をおいてフリースクールに通うかもしれないと言っていた。

茜は多香子がクラスで孤立していたことに、気がつくことができなかった。

だから今でも考える。

もっと早く知っていれば何かが変わっただろうか。たとえば茜が多香子に話しかけることができていたら。一緒に過ごそうと声をかけていれば、多香子はまだこのクラスにいただろうか。

過ぎたそれは考えても仕方のないことだし、大きなお世話なのかもしれない。

十代の同じ歳の人間が何十人も集まって、みんなが楽しく平穏に過ごすなんて、できるわけがない。感情の波は未熟なりに豊かで、ときに嵐のように荒れ、互いにぶつかって砕けていく。

それでも——きれいごとだとわかっていても何かせずにはいられなかった。

その結果の、四期目のクラス委員である。

「都合のいい理想なのはわかってるんですけど、でも……みんなが楽しいクラスにしたいと思ったんですよね」

ぽつぽつとつぶやくように話し終えると、黙って聞いていた涼がやがて、すっと視線をそらした。

「……あんまり無理すんなや」

それがひどく意外で茜はきょとん、とした。

「自分はたしかに大人っぽいし、責任感もあるんやろうけど、まだ子どもいうて甘えてもええ歳なんやし……」

しどろもどろの涼に、茜ははっと目を丸くした。

「三木さん、心配してくれるんですか？」

その声は、自分でもあまりにうれしそうだったと思う。涼が口をへの字に曲げて嫌そうに顔をしかめた。

「心配やない。七尾姉になんかあったら、困るんは青藍さんやろ」

「素直じゃないですねえ」

「やかましいわ」

こんなふうに軽口を叩ける間柄《あいだがら》になったのが、茜にとってはうれしい。

初めて出会ったとき、涼には警戒されていたと思う。涼にとってあのころの茜とすみれは、月白邸を──青藍の居場所を侵《おか》すものだったからだ。

涼にとって青藍は、たった一人自分を理解してくれるとても大切な人だ。

月白邸に来たころ、涼もまた才ある一人だった。

中学生でインターネットを利用して企業を起ち上げ、三年生でそれを売った。学校にも通わず四六時中パソコンの前にいる涼を、両親はずいぶんと気味悪がったという。

涼からすると、この世はとてもつまらなくて、自分一人だけが高い場所でそれを睥睨《へいげい》しているような気分だったのだろう。

その景色はとてもすがすがしく、そしてさびしい。

やがて月白に引き取られた涼は、そこで青藍と出会った。

青藍もまた一心不乱に絵に向き合い、一人高みでさらに上を見ているような人だった。そのすさまじい才能と、それゆえに高い場所にたった一人取り残された孤独は、涼が初めて知る同じ心の痛みを持つ人だった。

それから涼は月白邸の中で、青藍にだけ懐《なつ》くようになった。

月白が亡くなったとき、当時高校生だった涼は実家に戻り、大学に進学してそのまま在学中に広告代理店でアルバイトを始めた。

それはすべて青藍のためだ。

月白の遺した課題を前に壊れたように酒に溺《おぼ》れていた青藍の心を、涼たち月白邸の元住人たちは取り戻すことができなかった。

だからせめてその才能と評価が失われないように。涼は涼なりに懸命に力を尽くしたのだ。

月白邸で青藍がゆっくりと立ち直っていくのを目《ま》の当たりにして、涼もまたそのきっかけになった茜とすみれを、少しずつ認めてくれるようになった。

涼が窓際《まどぎわ》を見やった。すみれがじっとこちらを見つめていて、茜と目が合うと慌《あわ》ててそらしてしまう。

「早《はよ》う仲直りしろ。七尾姉妹がこれやったら青藍さんも困るし。おれも……なんか嫌や」

言い捨てて、涼は茜の腕に手土産《てみやげ》らしき風呂敷包みを押しつけると、ふんっと背を向けた。ソファにどすんっと腰を下ろして、気まずそうによそを向いている。

キッチンで風呂敷包みを開きながら、ほろりとため息がこぼれ落ちる。

茜だってなんとかしたい。

今までもすみれと一緒に過ごせなかった休日は、数えきれないほどあるはずなのに、あの日の何がきっかけだったのだろう。

話したいと思っても、口をつぐんでそっぽを向かれるばかりで。でもときどき泣きそうな、とても不安そうな顔で茜を見つめている。

手を伸ばしてやりたいのに、いつもぎゅっと握ってくれたその手を妹は拒絶する。

どうすればいいのか茜にも、もしかしたらすみれ自身だって、もうわからないのかもしれなかった。

——涼が手土産で持ってきてくれたのは、初夏のこの時季に食べられる和菓子、若鮎《わかあゆ》である。ふかふかとしたカステラの生地《きじ》に、焼き印で目と口を焼き入れられた鮎はかわいらしく、真ん中から二つに割るともっちりとした求肥《ぎゅうひ》が見えた。

「ええ土産やな」

隣の青藍が心なしか顔を輝かせているから、これはきっと好物に違いない。向かいの陽時が呆れた顔で涼を見やった。

「おまえ、ほんと青藍の好きなものに詳しいよね」

「任せてください」

得意げな涼の後ろで、ふさふさのしっぽがぶんぶんと振られているのが見えるような気がして、茜はなんだかおかしかった。

青藍が若鮎を一つつかんで、ソファから立ち上がって裏に回った。そこには背もたれに隠れるようにしてすみれが膝を抱えている。

まだ拗ねているので大人たちの話には加わらないし、ソファにも座らない。でもできればそっと近くにはいたい。その距離感がなんだかいじらしい。

「ほら」

差し出された若鮎と青藍の間を、すみれの視線がさまよう。

あんまり話したくないけれど、でもそのお菓子は食べたい。しばらく悩んでいたすみれだったが、やがてその小さな手でおずおずと若鮎を受け取った。

ぺりぺりと包装を剝《む》いて、頭からぱくりとかじる。

やがて、ほろりと笑みを浮かべた。

「……おいしい」

「すみれ」

茜が声をかけると、すみれがはっとした後、拗ねているのを思い出したように口を引き結んだ。

ためらった末にソファの後ろから顔を出して、ちらりと涼を見やった。顔をぎゅうっとしかめた仏頂面《ぶっちょうづら》のままぺこりと頭を下げる。

「………お土産、ありがとう」

「どういたしまして」

涼が口元を押さえているのは、たぶん笑いをこらえているからだ。

菓子はおいしいと顔を輝かせるのも、礼を言わなくてはいけないという生真面目《きまじめ》さも、でも怒っているんだと主張する子どもらしさも、すべてが素直なすみれらしい。

思わず、といったふうに青藍がぐしゃりと頭をなでると、すみれがぱしっとそれを払いのけた。

「やだ」

すみれの怒りの尺度では、それはまだだめらしい。

ぱたぱたとリビングの端に走っていったすみれに、青藍が悲しそうな顔で行き場を失った手を見つめている。やがてすごすごとソファに身を埋《うず》めた青藍に、茜はとうとうこらえきれずに噴き出してしまった。

それで、と不機嫌さを残した声で青藍が顔を上げた。

「今日は、何の仕事なんや？」

涼が月白邸を訪ねてくるのは、青藍に仕事の依頼があるときだ。

青藍の目が、絵を描いているときに見せるあの好奇心の光を帯びている。涼の持ってくる仕事が、興味をそそるとわかっているからだ。

そういう意味からも陽時の言う通り、涼は誰より青藍の「好きなもの」をよく知っていると茜も思うのである。

けれど涼は、膝に手をついて深く頭を下げた。

「すみません。今日は青藍さんやないんです」

顔を上げると青藍の隣、太陽の光を閉じ込めたような金髪に視線を向ける。大変不本意だ、と言わんばかりに深くため息をついて、ぼそりと言った。

「ほんまに癪《しゃく》なんですけど、今回は陽時さんの顔に用事があります」

「……おまえ、青藍以外もちょっとは敬えよ」

陽時の呆れた声に、涼はふいっと視線をそらした。それが忠義心に厚い番犬みたいで、茜はふふっと笑った。

その話を涼が聞いたのは一週間ほど前、連休が明けたころのことだという。

「──おれ今、母校の大学で、授業の手伝いをしてるんですよ」

涼の出身大学は京都の東の外れ、銀閣寺《ぎんかくじ》のそばにあるという。そこで涼は今、地域貢献プログラムという名目で、地元に密着した地域おこしの手伝いをしているそうだ。

経済・経営学部に広告代理店ＥａｓｔＧａｔｅが協力して、地元をテーマにした映画の製作に、地元食材を利用した学食メニュー作り、新しい名産品の提案などを一年かけて行うという。

その何度目かの授業が終わった後。涼は、数人の学生に相談を持ちかけられた。

いわく、彼らの行きつけの食堂で働いている女性が、ストーカー被害に遭《あ》っているのだという。

「物騒な話だね」

陽時がぎゅっと眉を寄せた。涼がうなずいて続ける。

「その食堂、うちのキャンパスではちょっと有名なんですよ。おれも学生のころよく行ってたんすよね」

東山《ひがしやま》のキャンパス近くにあるその食堂『はなごはん』は、大学生が求める必須《ひっす》条件、おいしい、安い、量があるを満たした店として、特に男子学生を中心に人気を誇っていた。

そしてその食堂に学生が通い詰めるのは、もう一つ理由があるという。

涼が学生のころからそこで働いている一人の女性——米満咲穂《よねみつさほ》の存在だった。すらりと背が高く、涼たちとさほど歳は変わらない。いつもきっちりと後ろにくくった黒髪が艶《つや》やかで、化粧っ気《け》のない素朴な笑顔に迎えられるとなんだかほっとする。

「咲穂さんて、おれらのときもものすご人気あって。咲穂さん目当ての学生がいっぱいいてたんですけど……」

どうやらそれは、今も変わっていないらしい。

今回ストーカーに遭っているというのがその咲穂で、なんとかできないだろうかと、先輩でもある涼のところに相談が回ってきたらしい。

「それ、おまえじゃなくて警察の仕事じゃないの？」

陽時の疑問ももっともである。けれど涼はううん、と難しい顔をして腕を組んだ。

「ストーカーいうか……なんかようわからへんのですよね」

咲穂が出勤する日を狙って、店の前に花が置いてあるのだという。毎日違う花で玄関先にそうっと添えられるように置かれている。ただそれだけだ。

「つけられてるわけでも視線を感じるわけでも、脅迫状とか隠し撮りした写真とか、そういうのもあらへん。ただ、毎日花が置いてあるだけなんやて」

確かにストーカーだとすれば妙な話である。

「学生の子らも、いちおう警察に相談したほうがええて言うたらしいんやけど、咲穂さん本人が、おおげさやし食堂に迷惑がかかっても困るて、乗り気やないらしくて……」

では学生たちが交代で店に張り込んで警戒しようということになったらしいのだが、それも咲穂が柔らかく、けれど有無《うむ》を言わせない雰囲気でだめだと言ったそうだ。

学生は勉強が本分、食堂をサボりに使われては困る。

もっともな意見にぐうの音《ね》も出なかった学生たちが、最後に頼ったのが涼だった。

「三木さん、面倒見いいですもんね」

「そうか?」

いまいちピンときてなさそうな本人は自覚がないようだが、涼は頼まれれば放っておけないし、面倒ごともわりと引き受けてしまうたちだ。

「まあでも、あいつらの言うこともわからんでもない。久しぶりに咲穂さんとこ寄ったけど……毎日きれいな花が届いてうれしいて、のほほんとしたはったしな」

なるほど、学生たちが心配するのももっともだ。話を聞いただけの茜でも、もうちょっと危機感があってもいいと思う。

それで、と涼が隣を見やった。

「陽時さん、いま彼女さんいてはらへんですよね」

「あー……うん」

陽時があいまいにうなずいた。涼の目がきゅうっと細くなる。

「遊んだはる子やなくて、本物の彼女さんです」

「……別に、最近はそんなに遊んでませんし」

気まずそうに、茜とリビングの隅でこちらをうかがっているすみれを見やって、陽時がもごもごとつぶやいた。

陽時の女性関係は傍目《はため》にはかなり奔放《ほんぽう》に見える。つまり女性の「お友だち」がたくさんいて、少し前まで月白邸にいない夜は、陽時はその「お友だち」たちの家で過ごしていたそうだ。

互いに同意のある関係であることと、すみれの前でそういう話をしないこと。そして陽時なりにきちんとした線引きがあるらしいので、あとは本人たちの自由だと、茜もあまり立ち入らないことにしている。

陽時は人を好きになることに、そして自分のことを好きになってもらうことに、いつだっておびえている。

その原因は、少し複雑な事情のある青春時代のかなわぬ恋にあった。

あの柔らかで甘い笑顔の裏で、誰かに愛されたいし愛したいといつだって手を伸ばして、誰にも拾い上げられないまま、手近なあたたかさに吸い寄せられるようにすがってしまうのだ。

そういう陽時の少し哀《かな》しくて弱い部分を、茜も青藍もちゃんと知っている。

だからこの人が、いつか本物の恋を手に入れられるといいと、ずっと思っているのだ。

「それやったら、ええです」

大仰《おおぎょう》にうなずいて、涼が陽時を見やった。

「陽時さん、しばらく咲穂さんの彼氏役をやってくれはらへんやろか」

「はあ？」

陽時がぎゅうっと眉を寄せた。

「どうせうちの学生あたりが、咲穂さんの気を引きたくてやってるんやと思うんです」

そこで、と涼がぽん、と芝居のように手を打った。

「陽時さんが、彼氏ですって感じで来たら、まあたいていのやつはこれは無理やなって諦めるやろ」

茜はなんだか納得してしまった。

陽時の顔立ちは、十人いれば十人が整っていると言うだろう。キラキラと輝く太陽のような金色の髪がこれほど似合う人も珍しい。甘やかに目じりが垂れ、口元にはいつも柔和《にゅうわ》な笑みを浮かべていて、こんなのが「彼氏です」と出てきたら相手はたまったものではないと思う。

「想い人に顔も見せへんような、中途半端な恋心へし折るには十分や思うんですよね」

辛辣《しんらつ》に言ってのけた涼が、食べかけの若鮎の半分を残りのコーヒーとともに胃に収めて立ち上がった。

「いちおう、ほんまに変なやつやったら困るから、店までの送り迎えは『はなごはん』の店長さんがしてくれるんで。陽時さんはひとまず週に二、三日、顔出してくれはったらええです」

断られるとも思っていないようで、じゃあ、とジャケットと鞄を抱えて会釈《えしゃく》する。陽時が呆れた顔を見せた。

「おまえ、おれのこと、よっぽどの暇人《ひまじん》だと思ってないか?」

「だって陽時さん、自由が利《き》くでしょ」

陽時は絵具商だ。青藍の部屋の画材や絵具の一切を管理しているのも彼だし、周囲の絵師やデザイナー、洋画家といったクリエイターのアトリエや自宅を回って、御用聞きのようなこともやっているらしい。

比較的自由が利くのは確かで、それに陽時自身、厄介ごとに巻き込まれているらしい女性を助けるのをためらうような人ではないというのを、涼だってちゃんとわかっている。

「……わかったよ」

そううなずく陽時の向かいで、ことのなりゆきにすっかり興味を失っている青藍が、眠たそうに大きなあくびをした。

涼がさっさと帰っていった後。青藍はソファに座ったまま本格的に寝入ってしまった。いつのまにかすみれがその傍《かたわ》らでころりと横になって、寝息を立てている。

茜が二人に毛布をかけていると、向かいのソファで若鮎をほおばっていた陽時が、ふいにつぶやいた。

「ああ……そうだ、先に朝日《あさひ》ちゃんに連絡しておこうかな」

それはいかにも、自然と思い当たったように茜には聞こえた。

朝日──見汐《みしお》朝日は、月白邸とかかわりのある女性だ。今年二十二歳になる彼女は今、麩屋町《ふやちょう》で日本舞踊を学びながら、着つけ教室の手伝いをしている。

朝日の祖母はかつて、花街《かがい》で月白《つきしろ》の座敷に上がっていた芸妓《げいこ》であった。その祖母から聞いた扇子《せんす》を探すために月白邸を訪ねたことがきっかけで、歳の近い茜と友人になったのだ。

「朝日さんですか？」

その名前がいささか唐突で、茜は思わず問い返した。

「……いや」

陽時自身も意図せずこぼしたらしく、どこか戸惑《とまど》っているようだった。

「ほら前にさ、おれが見合いするってときに、朝日ちゃんがすごい心配してくれたでしょ。だから今回も彼氏役ってことをどこかで知ったら、びっくりさせるかもなって」

陽時がごまかすように冷めたコーヒーをすする。

茜は目を丸くして、そして胸の中に湧き上がる、なんだかむずがゆくて照れくさくてそわそわした気持ちに、顔がにやけそうになるのを懸命にこらえた。

「陽時さんは、朝日さんに誤解されたくないんですね」

「別に、そういうんじゃないけど……」

去年の夏、陽時の見合い話が出たときに、それを知った朝日がどん底まで落ち込んでいたことを茜も知っている。

朝日は陽時のことが好きだ。

彼女もまた誰かを好きになるということについて、とても不器用な人だ。

そのときの恋人から暴力を振るわれて、それでも自分のことを必要とされていると思い込んでいた。

それは恋ではないと、朝日に教えたのは陽時だ。

その優しさと、そしてその奥底に隠された弱さを知ってなお、朝日は陽時のことが好きだという。

そうしてそのことに、きっと陽時も気づき始めていると思うのだ。

「茜ちゃん、言っといてよ」

ややつっけんどんにそう言った陽時は、何かどうしようもない気持ちをもてあますようにコーヒーを飲み干して立ち上がった。

「自分で言ってくださいよ、電話もメッセージのアカウントも知ってますよね」

青藍やすみれのものと一緒に、茜は陽時の空《から》のカップを盆にのせる。すっかり食べきってしまった若鮎の空箱を折りたたんでいると、弱々しい声が上から降ってきた。

「……ええ」

振り仰いだ先、陽時が困り果てたように顔をしかめている。

それが茜には、とても愛おしく思える。

今までの陽時みたいに、甘い笑みを浮かべたまま、自分を好きだと言った女の人を優しく切り捨ててきたときよりずっと、必死で人間らしくて一生懸命に見えたから。

これは陽時と朝日のことだから、茜ができることはない。

けれど人の恋心におびえる二人が、どうか幸せになりますようにと。茜はいつだって祈るようにそう思うのだ。

「——だってその女の人、優しそうで人気ある人なんでしょ……」

電話の向こうでややふてくされた声がそう言う。見汐朝日である。

「しかも陽時さんからはすっごい簡単なメッセージ来ただけなんだよ。ちょっと彼氏のふりやってきます、みたいなさ。どう思う、適当じゃない!?」

「大丈夫ですって。朝日さんに連絡したのだって陽時さんが、この間のお見合いのときみたいに誤解されるの嫌だからって言ってたんです。すごい進展してますよ」

そもそも朝日と陽時は付き合っているわけでも、お互いの気持ちを確認したわけでもない。メッセージで一言伝えてくるだけ望みがあると茜などは思うのだが、本気で恋をしているほうとしては、たとえふりだとしても誰かの彼氏になられるのは複雑なものらしい。

「そうだけどさあー……」

メッセージが来たことへのうれしさと、けれどその内容に不安を覚えて一喜《いっき》一憂《いちゆう》している朝日は、陽時のことになるといつも一途《いちず》だ。

きっと初めてこんなふうに、全力で誰かを好きになったのだろう。

うれしさと不安に振り回されて、じたばたとあがいている彼女が茜にはとてもかわいらしくて、そしてまぶしく見えるのだ。

一通り喜んで嘆《なげ》いて叫んだ後、でも、と朝日は小さく息をついた。

「その女の人が、ほんとに誰かに付きまとわれてるとしたら、心配だよね。陽時さんならなんとかしてくれると思う」

結局こう言ってしまうところが、朝日の優しさだ。

涙を飲んで見守ることにしたらしい朝日は、代わりに一つ頼みがあると言った。

「……陽時さんが浮気しないように、見てきてほしい」

つまり理解も納得もしたが心配は心配なの、ということだ。

別にまだ付き合ってもないので何かあってもそれは浮気ではない、と思ったが、地の底から響くような朝日の声の圧に負けて、茜はうんとうなずくしかなかったのだ。

2

翌日の日曜日。

茜《あかね》は断りきれなかった朝日《あさひ》の頼みのため、涼《りょう》の母校である東山《ひがしやま》の大学へ赴《おもむ》いた。例の食堂に案内してくれるという涼とは、ここで待ち合わせの予定である。

サークルの集まりかそれとも研究のためか、休日にもかかわらずちらほらと学生たちの姿があった。

事前に調べてきた大学のホームページによれば、いくつかあるキャンパスのうち、このキャンパスが創立当初からある一番古いものだそうだ。

なだらかな斜面に沿って立ち並ぶコンクリートの建物は、あちこちひび割れて年季を感じさせる。その手前に、取ってつけたように建てられたガラス張りの新校舎が、初夏の太陽をまばゆく反射していた。

山の半ばまでが大学の敷地だというから、そうとうに広い。その中を私服の大学生たちが歩いていて、こちらにちらちらとよこされる視線に茜は苦笑するしかない。

茜の隣には、不機嫌ですと言わんばかりのオーラを纏《まと》った青藍《せいらん》が、その傍《かたわ》らには、まだ拗《す》ねていますという態度を崩さないすみれが、互いに口をへの字に曲げたよく似た表情で立っていた。

青藍はいつもの着物姿ではなく、柔らかなデニムにカットソー、淡いネイビーのジャケットといういでたちだ。これでも目立たないように配慮してくれたのだと思うが、あんまり変わらないなあと茜は思う。

じろじろと向けられる視線に辟易《へきえき》したのか、青藍の額《ひたい》の皺《しわ》がぎゅう、と深くなった。

「あの、帰りますか？」

「いや……」

青藍がぐう、とうなるように首を横に振った。

朝日からの頼みであることは伏せておいて、大学見学のついでに陽時《はるとき》の様子を見に行く。今朝そう伝えた茜に、なぜか青藍がついてくると言った。

普段なら人ごみはもとより外に出るのも嫌がるので、これは珍しいことである。それに理由があるとわかったのは、そのすぐ後だった。

「すみれ、あそこ花咲いてる」

青藍が隣のすみれの肩を、とんと叩いた。

そばの花壇にはマリーゴールドが、鮮烈なオレンジとイエローの花を咲かせていた。

「あ……きれい！」

すみれが顔を輝かせ、花壇のそばにぱたぱたと駆けていく。

ここにすみれを誘ったのは青藍だった。

「ありがとうございます、青藍さん」

すみれがあんなふうに楽しそうにしているのを、なんだか久しぶりに見たような気がする。すみれがふさぎ込んで一週間。月白邸《つきしろてい》は火が消えたように静かだった。

「別に、気晴らしになったらええ。ほかにできることもあらへんしな」

青藍がもどかしそうにつぶやいた。

すみれが何かを不安に思っていることは、青藍もわかっている。それを、青藍も茜も今は示し合わせたように何も言わない。

すみれは一生懸命に、何かを考え続けて答えを出そうとしていて、どれだけもどかしくても一つ成長するために、彼女が悩む機会を奪ってはいけないと思うから。

「──青藍さん」

顔を上げた先で、涼がぶんぶんと手を振ってこちらに駆けてくるところだった。

今日は仕事ではないからだろうか、パーカーにカーゴパンツといういでたちだ。大学のキャンパスにいる社会人というより、見学に来た高校生にすら見えるなあと、茜はそっと心の中だけでつぶやいておく。

「遅い」

「すみません！」

待ち合わせの時間ぴったりなのだが、不機嫌そうな青藍に、反射的に頭を下げるさまはやはり忠犬じみている。周りからの好機の視線が、何事かと不審げなざわめきに変わっている。まずい組織の上司と部下あたりと勘違いされたら困るなと、茜は顔を引きつらせた。

大学は休日ながら、食堂『はなごはん』は今、一番忙しい時間帯だそうだ。

客足が引くまで時間をつぶせる静かな場所として涼が案内してくれたのは、緑青《ろくしょう》が浮いた古い柵で仕切られたある一角だった。

学内の薬用植物園である。

「大学って、植物園があるんですか？」

茜が目を丸くしていると、涼が受付に身分証を呈示しながらうなずいた。

「あるとこも多いよ。うちは薬学部があるからやけど、一般公開もしてる」

答えながら、涼は落ち着きなさそうにあたりを見回していた。青藍が問う。

「なんや、知り合いでもいてるんか？」

「……あんまり会いたくないやつが、今もここで働いてるんで」

ぼそりとそう言った涼は、苦いものをまとめて飲み込んだような顔をしていた。

退屈そうなアルバイトの学生が、緑青の門をぎぃぃ、と内側に開いてくれた。

奥には温室のような、薄いビニールでできたハウスが立ち並んでいる。その先は山につながっているようで、うっそうと茂る木々が燦々《さんさん》とした太陽の光を浴びている。

そのさまが何かにとても似ているような気がして。茜は、ううん、と首を傾《かし》げた。

門の先には石畳が続いていて、その向こうは円形の広場になっていた。

真ん中の池には水色のペンキで塗られた小さな噴水が、砕いた宝石のようにキラキラと太陽の光を反射している。古いものなのだろう、ペンキは塗りなおした跡があって、下地のコンクリートはところどころひび割れていた。

広場を囲うように、白い柵の花壇が整えられている。ぱっと目を引くのは、鮮烈なオレンジとイエローのマリーゴールド。初夏の太陽の下ではよりいっそうきわだって見える。ぽつぽつと色をつけ始めている紫陽花《あじさい》は、紫と青のまだら。その隣には、ひょろりと高く伸びた茎の先に、一輪《いちりん》のピンク色のバラが花をつけていた。

「わあ……!」

すみれがぱあっと顔を輝かせて、花壇に駆け寄った。

上七軒《かみひちけん》にいたころ、すみれはことさら花や虫が好きというわけではなかったと思う。自然の中で遊ぶようになったのは、月白邸に来てからだ。

「紫陽花が咲いてる。もうすぐ梅雨《つゆ》だねえ」

桜のつぼみが膨《ふく》らみ始めたら春、紫陽花が色づくのは夏の始まりで、もうすぐたくさんの雨が降る。赤とんぼが飛び始めたら秋で、冬の始まりは紅葉《もみじ》が鮮やかに染まり、真白の雪に真っ赤な南天《なんてん》が映《は》える。

あの庭に慣れ親しんだすみれは、季節の移り変わりをそのときどきの草花や生き物、空や風が教えてくれることを、ちゃんとわかっている。

すみれがぱっと顔を上げると、ばたばたっと駆けだした。

「バラだ、いっぱいある！　見たことないやつあるよ、すごいよ青藍！」

「すみれ、一人で行ったらあかん」

青藍が慌《あわ》ててその小さな背を追いかける。

「早く、青藍早く来て！　こっちだって！」

「だから待てて」

すみれの後を追って、青藍がバラのハウスに消えていく。あれはしばらく出てこないな、と茜はくすりと笑った。

ざわりと涼しい風に誘われるように、茜は石畳をたどり始めた。入り口の案内図を見るかぎりさほど広くない園内だ。青藍たちからはぐれることもないだろう。

石畳の左右を埋める木々にはタグやプレートが紐《ひも》で結ばれていて、簡単な解説が添えられている。奥に進めば進むほどその解説がまばらになり、足元はいつのまにか石畳から柔らかい土に代わっていた。

緩《ゆる》やかな上り坂になっていて、一歩ずつ足の裏で踏みしめるように歩く。

足を止めて空を振り仰ぐ。遠くで鳥の声が聞こえる。

風が吹き抜けると、成長の過程にある柔らかな葉が涼しげな音を奏《かな》で始める。ざわり、という音に合わせて、太陽の光に切り取られた枝葉の影が足元に揺れた。

ひどく落ち着く心地がした。

そうして茜はここがどこに似ているか、やっと思い出したのだ。

月白邸の庭だ。あの雑多で心地のいい静けさに満ちた庭によく似ている。

「──七尾《ななお》姉」

呼びかけられて、茜ははっと振り返った。涼だ。こちらを見上げているのを見て、茜は山道を上がってしまっていたのだと気がついた。

「ここ、立ち入り禁止」

「えっ！」

確かに石畳はずいぶん前で途切れていた。涼がいるあたりで青いフェンスがぐしゃりと丸まっていて、何かのおりに破れたのだろう。そこから気づかずに入ってきてしまったようだった。

「すみません！」

茜は慌てて、涼のそばまで駆け下りた。

「ええよ、わかりにくいし。もう何年もこのままやねん」

壊れたフェンスを指して涼が苦笑した。

「ここはもともと大学作ったときに切り開いた山の自然を、そのまま残してるんやて。だから、このあたりはもうほとんど山やな」

ふたたび遠くでざわりと葉擦《はず》れの音がして、茜はほう、と息をついた。

「ここ……ちょっと月白邸と似てて落ち着きます」

「ああ、わかる。学生のとき、おれもこっそりここに来てた」

重なり合う枝葉の隙間《すきま》から、涼はただじっと空を見上げていた。そのまぶしさに目を細め、そうして息をするたび、いつも険《けわ》しいその表情がほんの少しずつ和《やわ》らいでいくような気がする。

「——……ここにいるとちょっとだけ……月白邸にいるみたいやったから」

ほろりと笑った涼は、切なさも悲しさもすべてを飲み込んで複雑そうに笑っていた。

涼が高校生のとき月白《つきしろ》が亡くなった。月白邸の住人は一人、また一人と邸《やしき》をあとにし、青藍だけが残った。

「月白さんが死んだとき青藍さんがぶっ壊れて……おれは、おれにできることを一生懸命探したんや」

実家に戻って大学に進学した。伸ばしっぱなしだった髪を切って染めたのは、そのままの自分から踏み出すための決意だった。

自分のことを腫《は》れ物に触るように扱う実家で過ごす息苦しさも、月白を失った青藍の痛みに比べれば、そしてあの人が描く美しい絵が失われてしまうことを思ったら、なんてことないと思えた。

「まあでもやっぱり実家は嫌やったし、大学の友だち付き合いも、アルバイトも最初はしんどかった」

なにより、と涼の瞳の奥に痛みが揺れる。

「あのころの青藍さんを見てるのが、ほんまに辛《つら》かった」

茜も一度、絶望の底にいる青藍を見たことがある。

酒と筆を手にただ紙に向かい、描き散らしてはまた酒を飲む。心を吐き出す場所がもう、真白な紙の上にしかないとでもいうように。

それはほんの一瞬のことで、けれどそれだけでも茜には、泣きたくて苦しくてどうしようもない瞬間だったのに。

涼や陽時はその青藍を、ずっと支えていたのだ。

大切な人が壊れていくさまを目の当たりにする辛さは、どんな想像も追いつかないほどに辛い。

涼がしゃがみ込んで、足元の土をさらりとすくった。

「そういうときに、ここに来た」

ここの木々のざわめきは、柔らかな陽光は、優しい静けさは――涼が大好きだったあのころの月白邸にとてもよく似ている。

さて、と何かを吹っ切るように立ち上がった涼に、茜は泣きそうになったのを隠すために、ことさら明るく言った。

「よく来たって、ここ、立ち入り禁止だったんじゃないんですか？」

「ああ、学部生のときにここで友だち――」

そこで涼はとても苦いものを飲み込んだとでもいうように、ぎゅっと眉を寄せた。

「――知り合いがバイトしてて、そいつに頼んで入れてもらってた」

その顔に見覚えがあって、茜はあっと目を見張った。

「もしかして、今もここで働いてるっていう方ですか？」

植物園の入り口で、確かそんなことを言っていたのではなかったか。茜の言葉に、涼の眉間《みけん》にぐっと深い皺が寄った。

「ああ。いちおう一緒に卒業したんやけど、いつのまにかまたここで働いてて……ほんま何してんねんあいつ」

吐き捨てるようについた悪態は、その口調のわりに妙な親しみがあった。

たとえば青藍と陽時のような悪態をつくことができるだけの、どこか気の置けない関係であるように茜は思ったのだ。

「仲良しだったんですか？」

だからそう問うたのだけれど、涼は「冗談じゃない」といった表情をありありと浮かべて首を横に振った。

「死ぬほど仲悪かった！」

言い捨てて、どすどすと大股《おおまた》で石畳を踏みしめる。その言い方は、やっぱり仲良しなんじゃないのだろうか。茜は苦笑して涼の後を追った。

中央広場のそば、バラのハウスまで戻ると、近くのベンチで青藍がぐったりと体を投げ出すように座っていた。

「うわ、大丈夫ですか、青藍さん」

駆け寄った茜をのろのろと見上げて、青藍がぼそりと言う。

「あいつの体力、どうにかかせえ」

青藍の視線の先では、すみれが満面の笑みで花壇の間を走り回っていた。

「青藍、何してるの！　カーネーションのお化けのところに、青いちょうちょいたって！」

「ああ……」

返事だけで動こうとしない青藍に焦《じ》れたのか、すみれがもうっと唇を尖《とが》らせている。すみれの視線の先には、瑠璃《るり》色の蝶がゆらゆらと空に不安定な軌道を描いていた。

どうやら散々振り回されて、ここで青藍の体力が尽きたらしい。

普段は部屋に引きこもってばかりの青藍だが、これで存外体力がある。絵を描くのはそれなりに力仕事で、膠《にかわ》を混ぜて絵具を練ったり、自分の身長より高い板に和紙を張ってそれを取り回したりするからだ。

だがそれでも、遊び盛りの小学三年生を一人で相手取るにはいたらなかった。

「すみません」

茜が苦笑交じりに謝ると、青藍がのそりと身を起こした。すみれが笑顔で走り回っている先に、ひらりと瑠璃の蝶が舞っている。

小さく嘆息《たんそく》した青藍がぽつりと言った。

「いや。まあ……ちょっと元気になったんやったら、ええよ」

青藍のそのまなざしは、柔らかな蝶の翅《はね》が空をなぞるその優しさに、よく似ていると思った。

その食堂『はなごはん』は、東山キャンパスからほど近い、古い住宅街の一角にあった。ずらりと並ぶのは千本格子《ごうし》に犬矢来《いぬやらい》、狭い間口が続く、いわゆる京都の町屋《まちや》と呼ばれるものだ。

そのただなかに現れたひときわ鮮やかなその場所に、茜もすみれもわっと目を見開いた。

それは通りにまであふれ出しそうなほど、花で彩られた花壇だった。

半分をやや赤みがかった紫陽花が埋め、隙間《すきま》から見えるマーガレットとドクダミの白が涼やかだ。鉢にはガーベラとミニバラがそれぞれ、ピンクやオレンジの花を咲かせていた。

千本格子には斜めに細い紐《ひも》が張られていて、瑞々《みずみず》しい黄緑色のツタが、徐々にその紐を這《は》い上がっているところだった。夏の盛りになれば、新緑のカーテンのように千本格子の窓を覆《おお》い隠すだろう。

「咲穂《さほ》さんが手入れしたはるんやって。あの人、花が好きやから」

涼が言った。どれもたっぷりと水をもらって、青い空の下でめいっぱい咲き誇っている。花が好きな人が、愛情を持って育てたのだとわかった。

彩りに満ちた花壇の横、『はなごはん』の文字が染め抜かれた短い暖簾《のれん》が下がる向こうに、白木の引き戸がある。涼がゆっくりと引き開けた。

最初に香ばしい醬油とガーリック、それから質のいい油のにおいがした。これは唐揚げだな、と茜は思わずごくりと喉《のど》を鳴らした。

さほど広くない店内は幾分古びているのものの、細部まで手入れと心配りが行き届いている。四人掛けのテーブル席が六つと、カウンター席が四つほど。

その端にごろごろと氷と水が入ったピッチャーが二つ、一抱《ひとかか》えもありそうなほどの大きな薬缶《やかん》が、鈍《にぶ》い金色を反射していた。そばに湯飲みが重なっているから、中はあたたかいお茶なのだろう。

食堂の中にも、あちこちに花の気配があった。

壁にはドライフラワーが、窓際《まどぎわ》には形違いの細長い花瓶がずらりと並べられていて、たくさんの切り花が一本ずつ飾られている。

「ああ、涼くんやん」

朗《ほが》らかな声がして、とたんに涼の表情が柔らかくなる。

「咲穂さん、こんにちは」

咲穂はまさしく、店の前に咲いている花のような、ふわりと優しい雰囲気を纏った人だった。今まで片付けていたテーブル席に茜たちを案内してくれる。

そのすぐそば、カウンター席の端では、陽時がこちらを向いてぱたぱたと手を振っていた。昼も過ぎているからだろう、ほかに客は見当たらない。

「変わったことないですか？」

涼がそう問うと、カウンターに引っ込んだ咲穂がぱっと顔を上げた。

「大丈夫。涼くんたち心配しすぎやわ。こんな紀伊《きい》さんも巻き込んで……」

「おれは大丈夫ですよ。咲穂さんのほうが大事ですから」

さらりと陽時の口からこぼれ出るセリフに、茜は半ば呆《あき》れてしまった。

心の中でそっと朝日にエールを送っておく。あなたの焦《こ》がれている人は、自覚なく人を誑《たら》し込むから気をつけたほうがいいよ、と。

涼がふん、と鼻で笑った。

「ええんですよ、咲穂さん。その人は暇《ひま》なんで」

「おまえはおれに気を遣《つか》え」

陽時がむっとした顔をしたのがおかしかったのか、カウンターから出ていた咲穂がくすくすと笑った。

茜たちに、涼の知り合いだからと言って、咲穂はそれぞれコーヒーと、ガラスの器《うつわ》に丸く盛られたアイスクリームをサービスしてくれた。すみれの前には特別に、とオレンジジュースを置いてくれる。

「ありがとう！」

すみれが、銀色のスプーンを手に顔を輝かせた。茜が恐縮して肩を縮める。

「いいんですか？」

「もちろん。実はそれ、ランチの余りやねん」

内緒ね、と咲穂がくすくすと笑った。そのたびに小さな花でもこぼれているかのような、その笑顔が軽やかでかわいらしい。

そばにいるだけで気持ちがほっとあたたかくなるような人で、この笑顔が迎えてくれるのなら、ここに通いたくなるのもわかる気がする。

厨房《ちゆうぼう》に下がった咲穂を見送って、カウンターの陽時がくるりと椅子をこちらに向けた。

昼過ぎに来てから、ずっとここで咲穂の様子を見ていたらしい。

「ほんと人気あるんだねえ、咲穂さん」

そうつぶやいて、陶器のカップに注がれたコーヒーを一口すすった。

十一時にランチ営業を開始してから、この食堂には休日でもひっきりなしに学生たちが訪れる。そこに顔見知りがいると、咲穂は必ず名前を呼んで声をかけるのだ。

「女の子のお客さんも多くてさ。咲穂さんに恋愛とか勉強の相談してるんだよね。それで、咲穂さんもちゃん聞いてあげてるんだよ」

本当に感心したというように、陽時がそう言った。

「あの人に話聞いてもらうと、安心するんっすよね」

涼がことりとコーヒーのカップをテーブルに置いた。

「うん、うんってゆっくり相槌《あいづち》打ってくれはって。何を話してもいつも笑顔やし、なんか……聞いてもらうだけでほっとするんです」

厨房に向いたその視線には、憧憬《しょうけい》と尊敬が揺れていた。

「おまえもここ、通ってたんか?」

青藍の問いに涼は肩をすくめた。

「まあわりと。ここ飯うまいんで。あと……知り合いに入《い》り浸《びた》ってたやつがいて、そいつによう連れてこられてたんですよ」

苦々しい顔で涼がそう言ったときだった。

「涼くん、ほら見て」

咲穂が厨房から、花のいけられた花瓶を手に出てきた。陶器の白くつるりとした花瓶からは、ひょろりと濃い緑の茎が伸びている。

その先端に厚みのある赤い花びらが開いていた。

「それ、バラですか?」

茜が問うと、咲穂がうれしそうに答えた。

「うん。今朝、届いたやつ」

思わず「えっ」と声を上げたのは茜だけではなかった。隣で涼が、椅子から腰を浮かせている。

「咲穂さん、それ朝に置いたあるっていう花ですか？」

「そうよ」

バラの花瓶を愛《め》でるように目を細めて、咲穂があっさりうなずく。茜も陽時も、そして珍しく青藍までもがぽかんと口を開けていた。

涼が目を見開いたままぐるりと店の中を見回した。窓際には同じような陶器の花瓶がぽつぽつと並べられていて、それぞれに鮮やかな花が一本ずついけられている。

「もしかして、窓際のあれも？」

カーネーション、すみれ、赤いチューリップに梔子《くちなし》の枝、種類の違うバラがたくさん……。毎日届いているとすれば、そうとうな日数になりそうだった。

「うん。きれいやろ」

のほほんと笑った咲穂に、涼が頭を抱えて座り込んだ。

「咲穂さん、ちょっとは危機感持ってくださいよ……」

ストーカーだか咲穂のことが好きな学生だか知らないが、贈り手のわからないものをにこにこした顔で飾らないでほしい。

でも咲穂はちっとも困っているというふうではなかった。

「うちは大丈夫やて、ずうっと言うてるんやけどなあ。あの子らが心配しすぎなんやて」

あの子ら、は常連の学生たちのことだろう。涼がのろのろと顔を上げる。

「あいつらの心配もわかりますって。咲穂さん、ふわっとしたはるから」

確かにこれでは心配だろうなあと、茜も苦笑した。見知らぬ人間から毎日花を贈られているのに、ちっとも気味が悪いと思っていないようだ。

咲穂がふわふわとした足取りで窓際に歩み寄ると、花瓶にいけられた花をつい、とつついた。細い枝ごといけられているのは、甘やかな香りを放つ梔子だ。

「みんなが言うてるほど、怪《あや》しい人やないと思うんやけどなあ」

深いため息が響いた。陽時だ。

「……名乗りもせずに毎日、『愛』とか『喜び』みたいな意味の花を置いてくやつが、怪しいやつじゃないとはおれ、思えないけどね」

窓際にちらりと視線をやる。

「花言葉ですか？」

茜が問い返すと陽時がうなずいた。

「カーネーションやバラなんかは、愛とか恋とかそういう意味だし、梔子は、喜び、みたいな意味じゃなかったっけ」

両の手のひらを合わせて、ぱあっと顔を輝かせたのは咲穂だった。

「紀伊さん、詳しいんですね」

へらり、と何かをごまかすように笑う陽時に、青藍がぼそりと言った。

「おまえ、そういう花ようもろてたもんな」

誰から、とは言わない。ただなんとなく茜も察しがついた。

陽時がため息交じりにぐしゃりと髪をかきまぜた。

「そういう……花とか添えてくれる、かわいくておれに一生懸命な人は……もう、ちゃんと断るようにしてる」

それが陽時なりの、精一杯の誠意なのだろうと今ではわかる。

「今でも阿呆やな、おまえは」

ふん、と鼻を鳴らして、青藍が口の端《は》を吊り上げた。

この恋心に不器用な人が、こんどは愛の言葉を花で伝えてくれるような、その一生懸命さに誠心誠意手を伸ばせる日が来るといい。

そんなふうに思っているのかもしれなかった。

でも、と顔を上げたのは涼だった。

「それやったら咲穂さん、なおさらやばいですって。知らんやつから毎日告白されてるんですよ。ちょっとは気持ち悪い思てくださいよ」

咲穂がええ、と肩をすくめる。

玄関に置かれたその花は、咲穂に愛の言葉を伝えてくる。毎日一言ずつ。愛している、あなたが好きでたまらない、それが喜びなのだと。

それは見知らぬ誰かからかけられて、決して気持ちのいい言葉ではない。

陽時が真剣な顔で言った。

「これ、ちゃんと警察に相談したほうがいいですよ」

「ううん、ほんとにいいの、大丈夫」

妙にきっぱりと言いきった咲穂の、窓際に並ぶ花を見つめる目がゆらりと揺れる。

それは優しくて愛おしそうで、まるで花の向こうに——誰かを見ているようで。

やがて、どこか困ったように咲穂が肩をすくめる。

「わたしお花好きやし、もうちょっと様子見てみるよ」

ああ、でも、とかすかに続けた言葉のその先は、そばにいた茜だけが拾ったのだ。

「――……千日は、待たれへんかもなあ」

ほとんど直感だった。

見知らぬ人間から毎日花を贈られて、周囲からの心配をのらりくらりとかわしているのも。その花を窓際に飾って愛や喜びの言葉を、楽しみだとのんきに待つことができるのも。

この人はたぶん、知っているのだ。

この花を、誰が送ってきているのか。

聞いたほうがいいのだろうか、と茜が迷っていると、窓際でふいにすみれが言った。

「――あっ、カーネーションのお化けだ」

その小さな手が、ずらりと並んだ花瓶の一つを指している。真ん中あたり、表面がさざ波のように揺らめくガラスの花瓶だ。

大きな一輪のバラが花をつけていた。

菊の花のように一輪が大きく、フリルのようにどっさりと花びらが詰まっている。色は淡い桃色で確かに、すみれの言う通り大きなカーネーションに見える。

茜は、へえ、と目を見開いた。フラワーショップなどで売っている、よく目にするバラとはまたずいぶん雰囲気が異なっているように見えた。

「これさっきも見たよね、青藍」

問われて、青藍がきょとんと首を傾げた。

「見たか？」

「見たよ。ちょうちょが止まってた」

すみれが得意げにぐっと胸を張る。わずかに眉を寄せた涼が、がたり、と椅子から腰を浮かせた。

「なあ、七尾妹。それどこで見た？」

「さっきのとこ。植物園のビニールのおうち」

そういえば確かにあそこには、世界の珍しいバラがたくさん育てられていた。

「よう覚えてたな、すみれ」

青藍の褒《ほ》め言葉に、すみれがはにかむような笑みを浮かべた。

その瞬間だった。

ガンっと音がして、茜と青藍が同時に振り返った。

椅子に倒れ込むように座った涼が、両肘《ひじ》をテーブルについて突っ伏している。

「何してんの、おまえ」

怪訝《けげん》そうにカウンター席から飛んだ陽時の言葉も、耳に入っていないのだろう。のそり、と顔を起こした涼は、ぐるるると喉の奥でうなるようにつぶやいた。

「……あの阿呆」

そうして今日何度目かになる、苦いものをまとめて飲み下したようなあの顔で言ったのだ。

「その花を送ってきたやつ、おれの…………知り合いやと思います」

本当に嫌だ、といったふうの涼の様子に、咲穂がどこか困った様子で、でもにこにこと笑っていたから。

やっぱりこの人はすべて知っているのだと、茜はそう思ったのだ。

――大学構内の植物園には、閉園後の静けさが満ちていた。

噴き上がる噴水は夕暮れの橙《だいだい》を閉じ込めて、ぱしゃぱしゃと水を散らしている。東の空から群青《ぐんじょう》色が夜の階《きざはし》を描いていた。

夕暮れの静寂《せいじゃく》に、険のある声が響いた。

「おまえやろ、咲穂さんとこに毎日花を置いてたんは」

仁王立ちした涼が、ぎろりとその先をにらみつけている。

ベンチで気まずそうに肩をすくめているのは、涼よりずっと背の高い青年だ。色の淡い、癖《くせ》のある髪を肩まで伸ばして、それを後ろで一つにくくっている。顎《あご》には短い髭《ひげ》をたくわえていて、涼とは対照的にやや年かさの渋みを感じさせた。

ぶかぶかのデニムからのぞく右足に、茜はわずかに瞠目《どうもく》した。左足は普通のスニーカーであるのに、右足はラバーサンダルだ。隙間からぐるぐる巻きつけられた包帯が見えた。よく見ると顔にも腕にも、あちこち大判の絆創膏《ばんそうこう》やガーゼを当ててある。最近負った怪《け》我《が》のように見えた。

「いや……」

そろっと視線をそらした彼に、涼の眉根がぎゅうっと引き絞られた。

「ああ？　おまえやんなあ？」

カーゴパンツのポケットに手を突っ込んで、下からすくい上げるように詰め寄るさまは、どう見ても不良高校生である。

ややあって、その人は広げた膝《ひざ》の間に両手をついてがっくりとうなだれた。

「……おれです」

まるでいたずらをとがめられた大型犬みたいだな、と茜は心の中でそう思う。

「そいつ、涼の友だち？」

ベンチのそば、噴水のへりに腰かけた陽時がそう問うた。園内で買った紙コップのコーヒーを片手に、長い足をもてあますように組んでいる。

青藍はすでに興味が失せたようで、すみれとともにベンチにもたれて、噴水の水がキラキラと飛び散るさまをぼうっと眺めている。

「違います。こいつは知り合いです」

きっぱりと首を横に振る涼に、ええ⁉　とその人が情けなさそうに眉を下げた。

彼の名前は、和田島智《わだしまさとし》というそうだ。

いわく大学時代に同じ学部で、昼食をともにしたり同じ授業を取ったり、試験勉強をしたり、ときどき家に泊まって酒を飲んでいた程度の間柄であるという。

それはたぶん「友だち」だと茜は思うのだが、涼はかたくなだった。

「友だち、いうんは何十回も授業の代返させたり、卒論書かれへんて泣きついてきたり、金ないからって人の財布あてにしたりせえへんもんや」

「あはは、おれ涼がいなかったら絶対卒業できてなかったたし。持つべきものは友だちってよく言ったもんだよなあ」

のんきに笑う智の目じりに、きゅっと皺が寄る。純朴そうなあたたかい笑顔で、お世辞でも皮肉でもなくまっすぐな本心であるようだった。

だが涼にしてみれば心外もいいところだったのだろう。鬼でも憑依《ひょうい》したのかと思うほど、険《けわ》しい表情を浮かべた。

「やかましいわ」

大仰にため息をついて続ける。

「なんでおまえ、咲穂さんのストーカーなんかしてんねん」

智はその純朴な笑みを浮かべたまま、視線を地面に落とした。古いけれど掃除の行き届いた石畳は、夏の太陽に誘われてあちこちから下草が伸びている。

奇妙な沈黙が落ちた。涼と智の間にピンと張り詰めた緊張感が、にじみ出るような沈黙だった。

「ストーカーじゃないよ」

ただ、と気まずそうに視線をそらしてしまう。

「……約束破って帰ってきちゃったし。合わせる顔がないなあって」

――和田島智は、アマチュアの映画監督であるそうだ。

「こいつ映画好きで、大学時代は授業サボって、暇があればずっと映画見てたんですよ」

涼がため息交じりに言った。

一人暮らしのアパートではもちろん、学校の図書館ではたくさんのビデオやＤＶＤにアクセスすることができたし、シネマコンプレックスにミニシアター、学祭の時期になると各地の大学を回って、映画サークルの作った自主映画を見続けた。

「そのうち自分でも撮りたいって思うようになって、でもうちの大学の映画サークル、あんまり合わなくて、すぐやめちゃったんです」

　智からぶわりと熱が放たれたような気がした。

「映画って別に、一人だって撮れるから」

　スマートフォンは動画の画質が飛躍的に向上し、多少質のいいマイクにパソコンと、ちょっとした動画編集ソフトがあれば、誰でも映像作品を作れる時代になった。

　智がにやりと笑った。

「あとは、涼が快《こころよ》く手伝ってくれたんで」

「誰が快くや」

　映画の構想を練るために、連日夜中まで絵コンテ作りに付き合わされた。取材旅行であちこち振り回され、欲しい映像があるからと台風のさなかに学校に呼び出される。

　星空の撮影のために河原に寝転がって一晩過ごしたことも、インサートカットで使う入道雲の映像が欲しいからと、授業中に飛び出していった智を追いかけて、キャンパス内を全力疾走したこともある。

「おれの貴重な大学生活、どんだけこいつに奪われたか……！」

　嚙みつかんばかりの剣幕でそう言った涼に、ふ、と最初に噴き出したのは陽時だった。

肩を震わせて、その甘い瞳がきゅうと細くなっている。

涼が不機嫌そうに舌打ちした。

「……なんすか」

「いや、ずいぶん楽しそうな大学生活送ってたんだなって思ってさあ」

「どこが⁉」

まなじりを吊り上げている涼には申し訳ないのだけれど、茜も同じ気持ちだった。毎日友だちと、一つのものを作り上げるために一生懸命駆け回っている。それはとても充実していて楽しそうに思えるのだ。

「おい、七尾姉！　おまえも笑《わろ》てんな」

「うわ、すみません」

どうやら顔に出ていたらしい。急いで口元を引き締めたつもりだが、涼がまだこちらをにらみつけているところを見ると、にやにやがこぼれ出てしまっているのかもしれない。

ふと、茜の脇でベンチに座っていた青藍が、よそを向いたまま吐息《といき》のように笑みをこぼした。

「よかったな」

それは涼に聞こえただろうか。

涼は高校を出てからずっと、学業の傍ら今の会社でアルバイトを続けていた。月白邸という支えを失ってただ一人、青藍のために。

あのころのことを、青藍なりに思うところがあるのだと思う。涼の青春の一時期を自分が奪ったのだと。

だからきっと、青藍もほっとしたのだ。

こんなふうに騒がしく懸命に——本人は不本意なようではあるが、楽しそうに——涼自身のための四年間を過ごしていたのだとわかったから。

智がふと空を見上げた。

「咲穂さんとは、そのぐらいに出会ったんです」

食堂『はなごはん』は、智のような学生にはぴったりの場所だった。実家の仕送りはなくアルバイト代は生活費に、余った分は映画に注ぎ込んでいた智にとって、あの食堂は文字通り生命線でもあったのだ。

「給料日前なんか金なくてさ。そしたら咲穂さんがこっそり飯食わしてくれるんです」

閉店後の皿洗いと、店の掃除を手伝うのが条件だった。

「女の人と何を話していいかわからなくて。それでおれ、咲穂さんが花が好きだから、花の話を仕入れていって披露《ひろう》したりなんかもして……」

きゅう、と智の目元が柔らかくなった。

一日一つずつ。できるだけ咲穂が花壇で育てている花を選んで調べていった。

たとえばアネモネには、二つの悲しい恋の物語があるのだとか、湖にうつった自分の姿に恋をした少年ナルキッソスが、やがて姿を変えたのが水仙であるとか。

バラは女神アフロディテが生まれたとき、同じように美しいものを作ることができると言った大地から生み出されたもので、その美しさを神々が称賛したという話をしたときには、目を輝かせて喜んでくれた。

そんな彼女が愛おしくなったのは、それからすぐのことだ。

「おまえ、そんなことしてたんか」

涼がぼそりとつぶやいた。

「おれだって、気を引こうって必死だったんだよ」

映画のことを考えて涼を引きずり回して撮影して、咲穂のことを思いながら図書館に通って、夜は二人きりの薄暗い店でほんのひととき内緒話をする。

店を閉めた帰り際《ぎわ》。じゃあまたね、と二人で見上げる空にキラキラと星が散っていたのを鮮やかに覚えている。

きれいですね、なんて笑い合うその瞬間がどれほど幸せだったのかも。

「――おれ、あのころが……一番楽しかった」

その言葉の冷たさは、では今には絶望しているようにも聞こえたのだ。

四年生のとき、智が撮影した映画はアマチュア向けの小さな賞をとった。

「それで調子乗って、大学を卒業したら世界を回って映画を撮ることにしたんです」

スマートフォンとパソコン一台を担《かつ》いで、バックパッカーとして世界を回る。決まっていた就職を蹴って、まばゆく輝く夢のために。

「卒業式の日。おれ……咲穂さんに言ったんです」


世界一の映画を作って戻ってきます。そしたら、おれと付き合ってください。


約束というほどでもない、一方的な宣言だった。

誰かに告白したのなんか生まれて初めてで、それを聞いた咲穂の顔も見れないまま、智は逃げるように世界へ飛び出したのだ。

茜はぽかん、としてしまった。

それこそが、まるで映画のストーリーのようだったからだ。

ふん、と涼が腕を組んで、その目を半眼に細めた。

「――で、かっこつけて飛び出したんはええけど、撮影で大怪我して、親御さんに大目玉食らって強制帰国やて」

智がはは、と肩をすくめた。

ふうん、とコーヒーを片手に相槌を打ったのは陽時だった。

「世界一になるって言って、道半ばで帰国したのが情けなくてストーカーしてんの？」

「ストーカーって言うのやめてください……」

智がおどおどと抗議した。咲穂の彼氏役を務めることになっていたと聞いてから、陽時にだけ妙に警戒心をあらわにしているのだ。

涼が嘆息した。

「咲穂さんに変な告白じみたことして、ほったらかしたまま二年やろ。未練がましく花贈るぐらいやったら顔出して謝ってこい」

「だから合わせる顔ないんだって」

智は妙にかたくなだった。

「怪我ぐらい仕方ないやろ。どうせ治ったらまた世界中飛び回るんやし、今のうちに――」

「……その、行かないかも」

きょとん、と涼が首を傾げる。

「じゃあ撮り終わったんか？」

「……大丈夫だよ。いいからさ、もう花贈るのもやめるし、咲穂さんにも……もう会わないしそれでいいだろ」

最後は吐き捨てるようだった。両手で顔を覆い隠して智が続ける。

「そうだよな、未練がましくて情けなくてさ……ほんと」

「智？」

眉を寄せた涼の前で、指の隙間から智がほろりと笑ったのが見えた。それは灰のように、かさかさに乾いているように、茜には思えたのだ。

「咲穂さんには会えないの。おれ、映画やめたんだよ」

一瞬の間をおいて、涼が困惑《こんわく》したように問い返した。

「やめた？」

「そう。おれ映画撮るのやめたの。怪我したのだって別に撮影中じゃなくて、ヤケんなって酒飲んで、酔って歩いてたら車に撥《は》ねられただけ」

でもそれで全部どうでもよくなった。だから帰国したのだと智は言った。

「ちゃんと就職しろって親もうるさいし。教授はしばらくここでバイトしてていいって言うから、怪我治ったら就活してサラリーマンになんの」

「何の冗談だよ」

「冗談じゃないよ」

笑った智の襟元《えりもと》を、涼がつかみ上げた。

「おまえ、世界一の映画撮るんやなかったんか」

涼の声が震えている。

あの、ともすれば笑われてしまいそうな大それた夢を、もしかしたら一番応援して真摯に信じていたのは、涼だったのかもしれないと茜は思った。

「嫌なんだ……もう嫌なんだよ」

夕日がすべてを赤く染めていく。

大学を卒業し、世界を渡り歩きながら撮ったドキュメンタリー映画は、智の自信作だった。これで世界をとれると本気で思った。

けれどふたを開けてみれば、一人きりで撮ったアマチュア作品を上映してくれる映画館はどこにもなく、国内外どの映画祭でも歯牙《しが》にもかけられなかった。

望みをつないで動画サイトに投稿した。その再生数のカウンターが四桁《けた》に届かない程度で止まったとき。

智の夢もまた、そこで止まったのだ。

「誰も見てくれないんだよ。一生懸命作ったのに、誰も見てくれないんだ」

作品を世に問うとは、そういうことだと言えばそれまでだ。

努力すれば夢はかなう、なんてきれいごともいいところで、命をかけて作ったものが評価されるとはかぎらない。

そういう世界だと知っていたはずなのに。

夢を追うことは、想像していたよりもずっと辛い。

「……何言ってんのや。簡単に諦めんな、また次が――」

「ねえよ、もうない」

智、ほろりとこぼす。

「おれは諦めたんだよ……負けたんだ」

情けなくて、辛くて、どうしようもなくて。

「こんなのかっこ悪《わり》ぃよ」

だから咲穂には、会えないのだ。

力なくうなだれた智を前に、途方に暮れたまま、涼はただぐっと口をつぐんでいた。

3

その夜、月白邸《つきしろてい》の夕食のメイン料理は、どん、と大皿に盛りつけられた唐揚げだった。

「食堂に行ってから、唐揚げが頭から離れなくて……」

香ばしい醤油と、隠し味に生姜《しょうが》とニンニク、たれにたっぷり漬け込んだ鶏《とり》モモ肉をからっと油で揚げる。

「うまそ……」

夕食に招待された涼《りょう》が、山盛りの唐揚げを前にごくりと喉《のど》を鳴らした。

何度か食事をともにしたことがあるが、涼は案外好みがわかりやすい。ハンバーグとだし巻き卵が好きで生の野菜が苦手だ。それがだいたいすみれと一緒なのが面白い。

それともう一皿。濃い味付けや油っぽい肉料理が苦手な青藍《せいらん》のために用意したのは、旬《しゅん》の鱧《はも》とカレイの唐揚げだ。

生姜を混ぜた薄い衣《ころも》の内側に大葉をくるりと巻いてあって、大根おろしと、醤油に夏ミカンを絞った自家製ポン酢を添えてある。

青藍は出てくる食事に文句をつけることはない。けれどよくよく観察すると、苦手なものを前にするとぎゅっと眉が寄って見える。

揚げ物ということで、最初警戒するようにそっと箸《はし》をつけた青藍の顔が、心なしか明るく変わっていくのがわかって、茜《あかね》はしてやったり、と思った。

ふかふかの白身魚の唐揚げは、生姜と大葉が利《き》いてさっぱりとしていて、けれど十分な満足感がある。

「茜、これ、またやってもええなあ」

こうして青藍の好きなものが一つずつ増えていくのが、最近の茜の楽しみでもあるのだ。

──食事の後、涼は自分のパソコンでその映画を見せてくれた。

学生時代に賞をとったという、智《さとし》の映画だった。

風の音から始まるそれは、どこかの小さな町にあるカフェの話だった。

古びたカフェには年老いたマスターが一人、そこに毎日食事にやってくる男には金がなく、代わりに一つずつ物語を話していく。

それが千日続き、マスターと男の間にはいつしか友情が生まれ、最後は亡くなったマスターの代わりに男がそのカフェを引き継ぐという話だ。

千日の季節の巡りを表す映像は瑞々《みずみず》しく、ゆっくりと互いの心に寄り添っていく二人の人間の心情が、見事に切り取られている。

起承転結《きしょうてんけつ》の希薄なほんの三十分ほどの淡々とした映像にもかかわらず、その小さなタブレットの画面から誰も目を離せなかった。

青藍がほう、と息をついた。

「……悪ないな」

それは青藍なりの褒《ほ》め言葉でもある。そうとうに気に入ったということだ。

涼がばっと顔を上げた。

「そうですよね、あいつ、あとは全部だめなんですけど、映画だけはほんまにすごくて才能もあって、絶対……」

絶対に、高みへ昇り詰めるだけの資格があったはずなのに。

涼の瞳に揺れるのは、何かを作り出す人への憧憬《しょうけい》だと茜は思う。その気持ちが茜にだって痛いほどわかるから。

「おれ、やっぱあいつもう一回説得してきます」

「やめとけよ」

そう言ったのは陽時《はるとき》だった。

「おれたちには夢を見続ける権利もあるけど、諦《あきら》めて新しい道を探す権利だってある。それは才能とか関係なく、みんな平等にあるんだよ」

夢見ることもまた諦めることも、誰かに指図されることではない。

「決めるのはあいつだ」

陽時の言葉に、涼がぐっと手のひらを握りしめた。ふとかすかに笑うように息をついて、陽時が組んだ足に頬杖《ほおづえ》をついた。

「まあおれは、全部諦めてあんな大怪我して、それでも帰りたい場所があるっていうのはいいことだと思うけどね」

涼がわずかに瞠目《どうもく》した。

「実家の近くじゃなくて大学でアルバイトしてんのも、顔合わせられないってわりに、花なんか贈ってんのもそういうことでしょ。でも、まだプライドがギリギリ勝ってかっこ悪いとこ、見せたくないって思ってる」

でも、と陽時がその金色の髪を無意識に梳《す》いた。

「人にはさ……ほんとに疲れてぐちゃぐちゃになって、自分が一番かっこ悪いときにこそ、帰る場所が必要なんだよ」

茜は自分の手がぎゅっと握りしめられたのを感じて、傍《かたわ》らを見下ろした。すみれが、いつのまにかソファの隣に座っている。その小さな手が茜の手に重なっていた。

すみれはじっと目を瞠《みは》って、陽時の言葉に聞き入っていた。

そうして何か決意したように。

その唇をぎゅっと結んだのだ。


その翌週、月白邸のソファに座っている智を見て、涼がこの世の終わりのような顔をして膝《ひざ》から崩れ落ちた。

「……なんでよりによってこんなやつを、月白邸に……」

「呼んだんはおまえやろ」

青藍が迷惑そうに眉を寄せた。

先週、智を月白邸に呼びたいと言ったのは涼本人だ。

「そうなんですけど、理屈やないんですよ。いざこいつがここにいるの見たら、おれの大事な場所にこんなやつがって、もう腹立って腹立って……」

気の置けない友人関係、というのもなかなか大変そうだ。

「複雑ですねえ……」

「七尾《なな お》姉、こいつに飲み物なんか出さんでええ」

茜が人数分のコーヒーを盆にのせているのを目ざとく見つけて、涼がじろっとこちらをにらみつけた。それは聞き捨てならないと茜は思う。

「だめです。今はうちのお客様です」

きっぱりそう言うと、すみれがぱたぱたと涼に駆け寄った。

「涼くんだめだよ。〝お客様〟にちゃんとしないと、茜ちゃん怖いよ」

ことあるごとに、家に来た客には挨拶《あいさつ》をすることを言い聞かせてきたからだろうか。きりりとした顔のすみれに、涼がどこかおびえたようにちらりとこちらを見た。心外である。

「茜ちゃん、すみれ、お菓子持っていく」

「ありがとう」

すみれはここ一週間で、少し調子が戻った。茜ともぽつぽつ話すようになったし、以前とあまり変わらない。

ただ、一人で何かを考えている時間が増えたと思う。

それがすみれなりの成長なのだとしたら、茜は今は、黙って見守っているしかないのだ。

ソファに座った智は、もの珍しそうに周りを見回していた。

「……すごいなあ。これ、全部木やん」

「うちに住んでた人らが、勝手に改造しはったんや」

向かいのソファに座る青藍は、片足を膝にのせるように組んで、無表情に茜の淹《い》れたコーヒーをすすっている。

月白邸のリビングは、ここに入《い》り浸《びた》っていた住人たちが好き勝手に改装したものだそうだ。壁は全面板張りで、テーブルも椅子も彼らが手がけたもの、カーテンの向こうに広がる庭には、ここからでもいくつか奇妙なオブジェのような作品を見ることができる。

立ち上がった智は、ややぎこちないながらもしっかりとした足取りで窓のそばに歩み寄った。あれから一週間たって、目立つ顔や足の包帯もなくなっている。

カーテンを引き開けた智が、わあ、と目を輝かせた。

「すげ……」

雑多で自然のままに近い月白邸の庭は、今は初夏の植物の盛りである。

百日紅《さるすべり》の鮮やかな紅《くれない》色が、瑞々しく葉を伸ばす樫《かし》のそばに映《は》えている。この夏からは、すみれがリビングから見えるところに、小さな向日葵《ひまわり》をたくさん植えたので、若いその茎がひょろひょろと伸び上がっているころだった。

マリーゴールドやカーネーションが、庭の一角をイエローとオレンジの鮮烈な色に彩っている。

たっぷりと太陽の光を浴びてのびのびと葉を広げている木々は、まばゆい光に照らされて地面に黒々とした影を焼きつけていた。

ごくり、と智の喉が鳴った。

「映像《え》になるなあ……」

意図せずこぼしたのだろう、その言葉に自分で驚いているようだった。あの乾いた灰のような瞳を伏せて、シャッとカーテンを閉めてしまう。

もうそれを切り取るすべは、自《みずか》らの手の中には残っていないのだとでもいうように。

「――茜ちゃんごめん、ちょっとそこどいて」

暖簾《のれん》を上げてリビングに入ってきた陽時に、茜は立ち上がった。空いたソファにどさりと置かれたのはどうやら服のようだ。

ネイビー、ストライプ、落ち着いたブラウンに、生成《きなり》。どれもいつも陽時が着ているセットアップだった。

陽時が智を手招いた。

「おれと背丈《せたけ》近いし、どれでも持っていっていいよ」

きょとんとした智の肩を、涼がぽんと叩く。

「陽時さんにおれが頼んだ。別に大学時代みたいに、シャツとジーンズでもええけど……まあせっかくやったら、ちょっと気取った服にせえや」

智が戸惑《とまど》ったようにソファにずらりと並んだ服と、涼の顔を見比べている。

「何……」

「久しぶりに咲穂《さほ》さんと顔合わせて話すんや。格好ぐらいちゃんとしろ」

智の表情が固くなる。

「おれ、咲穂さんとは会わへんて……」

「うるさいな。ほんまに会いたないんやったら、なんで花なんか贈った。毎日一つずつ、まるで自分に気づいてほしいていうみたいに」

ぐ、と智が言葉に詰まる。涼がブラウンのセットアップをつかんで、ぐいっと智に押しつけた。

「おまえ、ぼろぼろなって全部諦めて、もう映画もなにもかもどうなったってええって思って……っ」

涼がぐっと言葉に詰まった。

ああ、きっとその目には……いつかの青藍がうつっている。

大切なものを失って、何もかもがどうでもよくなって。ただ壊れてしまったときのあの人がうつっている。

「それで最後に……咲穂さんのとこに帰りたいて思たんやろ」

――何もなくなって、足が向くままに訪れたのが大学のそばの食堂だった。いつもこの道を通って友だちと笑い合って映画を撮って、夜は撮影談義なんかして。

たまに寝過ごしたときは、友人から電話がかかってきていた。ごめんな、なんてちっとも悪びれないで謝っていた、あのころだ。

角を曲がって、目を見張った。

そこには今も季節の花々の彩りあふれる食堂があって、暖簾を上げた咲穂が学生たちを見送っている。ごちそうさま、と次々大学に戻っていく学生たちは、なんだかみな夢にあふれたように鮮やかに見えて。

それを優しい笑顔で見送る咲穂を見て、なんだか泣きそうになった。

おれもああして、いつも見送ってもらっていた。

まだおれに夢があったころだ。でも今は何もない。

咲穂だって待っていてくれるはずもないんだ。

でも会いたくて、会いたくて、帰りたくてたまらない。

だから花を贈った。

あの人が喜びそうな花を、一つずつ、言葉を託して。

あなたに会いたい。

あなたのそばにいたい。

あなたに、大丈夫だと言ってほしいんだ。

智のくすんだ瞳がゆらゆらと揺れる。それに波紋を呼ぶのは青藍の言葉だった。

「ぼくもそうやった」

ほろり、と続ける。

その視線が向けられたのはリビングの端に飾られた、家族の写真だった。一枚は月白《つきしろ》と住人たちと撮った、まだずっと青かったころの写真だ。

「ここが、ぼくの帰る場所やった」

青藍の視線がふ、と動く。

「今は、ここが誰かの帰る場所やとええと思う」

その先にあるのがもう一枚の写真——茜とすみれと陽時と並んで撮った、新しい家族写真だとわかったとき。

茜はあふれ出しそうになった思いを、ぐっと飲み込んだ。

知っている。もうわかっている。

青藍はこの場所で絶対に、いつだって待っていてくれるのだ。

涼がリビングの掃き出し窓を開けた。

「好きなだけ持っていったらええ」

その先には色鮮やかな花々が、初夏の太陽の光をたっぷりと浴びて咲き誇っている。

「おまえの一番情けないとこ見せて、泣いてわめいて、くだらんとこ全部さらけ出してこい。——それを待ってる人がいる」

涙がにじんで灰の瞳を溶かす。

「それに、たぶん……咲穂さんもわかったはる」

涼も気がついていたのだ。

咲穂が見知らぬ人間から花を贈られて、どうしてあんなのんきにそれを愛《め》でていられたのか。一つ一つ大切に花瓶に入れて、美しく飾りつけていたのか。

あんなふうに誰かを待っているような目をしていたのか。

智が目を見開いている。茜はその背を押すつもりで言った。

「咲穂さん、智さんが贈った花、すっごく大事にしてましたよ」

ブラウンのセットアップを握りしめて、月白邸の庭を前に智がゆっくりとうなずいた。

一番大切な場所に帰るために。


——西の端にはまだ夕暮れの名残《なごり》の、淡く柔らかな橙《だいだい》色がにじんでいる。

茜たちが食堂の前で車を降りると、ちょうど今日最後の客なのだろう、学生たちの一団が引き戸の向こうに声をかけて次々と帰っていくところだった。

「頑張ってね」

クローズの札を手に、咲穂が学生たちを見送っている。それから空を見上げて、星々のかすかな輝きを吸い込むようにそっと息をついた。

ふと彼女がこちらを向いた。

「咲穂さん」

涼がぺこりと頭を下げる。咲穂は涼と茜たち、そして——その後ろでおどおどと落ち着きのない智を見て目を丸くした。

涼が肩をすくめる。

「咲穂さん、わかったはったんやろ。あの花を贈ってきてるのが誰なんか」

「……ちゃんとわかってたわけやないよ。でも、そうじゃないかなって思ってた。……期待してた」

肩をすくめた咲穂が、なんだか泣きそうな顔で言った。

「きみたちの教授先生も、うちのお客さんやもん。だから卒業式の後、あんな告白して勝手にどっか行ってしもた人が、帰ってきてまた大学の植物園で働いてるって知ってたよ」

う、と智がうつむいた。

「いつ来てくれるんやろうって思ってたらお花が届くようになって。だからきっと智くんやって思て、待ってたのに」

　咲穂が握りしめた指先を小さく震わせた。

「……いつまでたっても顔見せへんし、会《お》うてくれる気ないんかと思ってた」

　彼女だって待っていたのだと、それで痛いほどよくわかった。

「その……っ、それは」

　硬直した智の背を、涼がどんっと叩いた。

「ほら、行け」

　陽時に借りたブラウンのセットアップは、どう見ても足がちょっと余っていて、肩は詰まっている。明らかに、誰かから借りたとわかるいでたちだ。

「お、おれ……世界一の映画撮るって言って、でも全然だめで。諦めて帰ってきて……もう何にもなくて……」

　そんな智を目の前にして、咲穂の顔がほろりとほころんだ。

　きっと、精一杯気取ってきたのも丸わかりだろう。でもそのさまになっていない懸命さが愛《いと》おしい。そういう顔に茜には見えた。

　咲穂が手を伸ばす。伸び上がって、ぽん、と智の頭をなでた。

「きみが何回失敗したって——……わたしがちゃんとここで待ってる」

ぶわ、と智の目から涙があふれ出す。顔はもうぐちゃぐちゃで、肩を震わせて、それでも心底安心したというふうに、ほろりと笑みを浮かべたのだ。

「……はい」

ぐす、と目元を拭《ぬぐ》った智は、ずっと大切そうに抱《かか》えていたそれを咲穂に差し出した。

「これ、咲穂さんのために作りました」

群青《ぐんじょう》色の花束だった。

月白邸の庭に生えていた菖蒲《しょうぶ》とラベンダーは、ちょうど今、夕暮れが終わる深い夜の始まりの色だ。カスミソウの白やムラサキツメクサ、マリーゴールドのオレンジが、その深みのある群青の空に星々を描いていた。

花束を包む和紙は、青藍が選ばせたものだ。それは、花々の深い群青を透かすような極限まで薄い白。

淡い雲がかかる夜の始まりに、キラキラと星が散る。

いつか見た星空によく似ていた。

「いつも咲穂さんと見る空が……おれは、めちゃくちゃ好きでした」

智も咲穂も、その顔にだけ夕暮れが戻ったようだった。

そうして晴れやかに笑ったのだ。

「おかえり、智くん」

「……ただいま」

ここがやっと帰る場所なのだと。きっとそう思うことができたのだろうから。

笑い合う二人の隣で、涼と陽時がそれぞれからかい交じりに智の背を叩いている。姉がほろほろと笑っている。

ぽん、とすみれの頭の上に大きな手がのった。見上げると青藍が、じっとこちらを見下ろしている。いつもすみれと視線を合わせるようにかがんでくれる優しい人だ。

「どうした、茜のところに行かないのか？」

すみれは少し考えて、それから小さく首を横に振った。

「ここで待ってる」

青藍はそうか、とつぶやいた。

くしゃくしゃと大きな手がすみれの髪をなでてくれる。それがあったかくて、ほっとして、泣きそうだった。

ぐっとその着物の袖《そで》をつかむ。

「青藍。すみれね……茜ちゃんがいなくても、平気だよ」

すみれだって、わかっているのだ。

いつまでもずっと、姉と一緒でいられるわけじゃない。

茜とすみれは違う人間で、違う道をいずれ必ず、それぞれ一人きりで歩いていかなくてはいけないのだ。

わかっているから怖かった。すみれには姉だけだった。

だから嫌だ、さびしい。

でも、きっと今そのときだ。

ぐすっとしゃくり上げて、すみれは懸命に口を開いた。

「あかねちゃんはっ、これから受験で、それで、やりたいお仕事があるでしょ。だから、す……すみれはすみれで、が、頑張らなくちゃ」

ぐす、ぐす、と泣いている自分が悔しかった。

今までならいつだって、助けてほしいと姉に手を伸ばしていたけれど。今は姉だけにはどうしても見られたくなかった。

「すみれ」

顔を上げた先、うるんだ視界の向こうで、青藍がじっとこちらを見つめていた。

「かっこええなあ、すみれ」

まっすぐな青藍の瞳に、ぐちゃぐちゃに泣き腫《は》らした自分の顔がうつっている。

「陽時くんがね、言ってたでしょ。……みんな、帰る場所がいるんだって」

人には、疲れてどうしようもなくなったときに、帰る場所がいる。

すみれには難しかったけれど、でもたぶん、辛《つら》かったり嫌だなって思ったり、すごく泣いたりしたときに「おかえり」と言って誰かが出迎えてくれる。そういう場所のことなんだとすみれは思う。

だからすみれは決めたのだ。

「だから茜ちゃんが疲れたり泣いちゃったりしたとき、ちゃんとすみれが、『おかえり』って、言うんだよ」

青藍がふ、と息をついた。そうして内緒話をするように、そっと声をひそめる。

「この先きっと茜には、辛いことも苦しいことも……諦めたりすることもあるやろう。生きてるかぎり、絶対にある」

空にはキラキラと星々が輝いている。青藍の瞳の中にも、そういう宝石みたいな光がときどき見えるのが、すみれは好きだ。

その目が今は優しくすみれと、そして茜を見つめている。

「そのとき、ここに帰ってきたら大丈夫て思えるようなところに、ぼくとすみれがなろう」

大きく息を吸ったすみれは、思いきりうなずいた。

「うん」

わたしが、茜ちゃんのおうちになるんだ。

そしていつか——茜にも陽時にも、そして青藍にも。

笑顔で「おかえり」と言える人になりたいと、すみれはその小さな胸にぎゅっと刻み込んだのだ。


京都の夜は、決して星の見える空ではない。

街中の明かりが山の端《は》まで届き、黒く深い夜をかき消してしまう。

それは残念でもあるけれど、その明るい夜空になお輝く星々がいっそうきらびやかに見えるから、悪くないとも青藍は思うのだ。

窓を開けるとまだ幾分涼しい夜だった。東山《ひがしやま》からの風が今日は強く吹き下ろし、梢《こずえ》がざわめく音が庭中に満ちている。

縁側に足を投げ出して、傍らに盆を置く。

深い藍《あい》色の徳利《とっくり》には土の加減か、ガラス質のキラキラとした輝きが見える。そろいの猪《ちょ》口《こ》に酒を注ぐと、透明な波紋の向こうで空の星をきらりとうつしていた。

「——青藍さん」

振り返ると、涼が立っていた。

「酒だけ飲むと怒られるんとちがいますか？」

苦笑交じりに差し出されたのは、小さな椀に盛られた蓮根《れんこん》の酢の物だ。夕食の残りだとわかったから、きっと茜が持たせたのだろう。

酒を飲むときは肴《さかな》もともに。そう約束したのだが、つい忘れがちな青藍にいつもこうして肴を作ってくれるのは、茜と決まっている。

やや気まずそうにそれを受け取って、青藍はじろりと涼を見やった。

「……おまえまだいてたんか」

あれから月白邸に戻ってきて、夕食をともにしてからしばらくたっている。涼が肩をすくめた。

「七尾姉と話し込んでたら、こんな時間なってしもて……大学のこととか、進路のこととか聞かれました」

「ああ」

自分の口元がほころんでいるのがわかる。

「悪いけど付き合《お》うたって。どこに進学するか、まだ迷てるみたいやから」

どうやら茜は、何かなりたいものがあるらしい。まだ教えてはくれないのだけれど、そのために大学に進学するべく日々頑張っている。

週末ごとに友人と勉強に出かけたり大学に見学に行ったり、実に高校生らしく楽しそうだ。一歩ずつ歩みだしている彼女にほんの少しのさびしさと、そして誇らしさを感じる。

青藍のそばに膝をついた涼が、その両手を股《もも》の上に置いて深く頭を下げた。

「智の件、ありがとうございました」

「ぼくは、別に」

青藍はやや身を引いて眉を寄せた。どうもこいつは、自分のことを飼い主かなにかと勘違いしているきらいがある。

「あいつ、大学でそのまま就職できるかもて言うてて……咲穂さんのために頑張るて」

言いにくそうにつぶやいた涼が、意を決して顔を上げた。

「あいつがこれから何を選ぶかはわからへんけど。でも……また撮ってくれたらて思います。あいつにはもうちゃんと、帰る場所があるから」

涼の目は無意識なのだろうか、青藍の部屋の奥、飾られた桜の絵を見つめている。あの前で何もできなかった青藍のため、絵だけは失わないように懸命に戦ってくれたのが涼だ。

涼のその献身《けんしん》の裏に、自分自身の居場所を失い、同じ高いところにいる自分に対する依存を青藍はちゃんと知っている。

涼もまた自分の居場所を失った子どもだった。

だからこんどは、涼が涼自身の道を切り開いていけるといいと、そう思うのだ。そのために青藍ができることは。

ここにおまえの場所があると、示してやることだけだ。

「おまえの帰る場所もあるやろ」

涼が、ふと目を見開く。

「失敗して泣いて、もうほんまにどうしようもなくなったら……仕方ないから、ここに帰ってきたらええ」

何も言わずにぐっと唇を結んで、やがてうなずいたように見えた。

帰ると言って立ち上がった涼を、青藍は呼び止めた。

「涼、おまえ……」

それからためらうように一拍置いて、そうして続けた。

「──この写真、知ってるか？」

青藍はそばの棚に置いてあった、例の写真を見せた。涼がぎゅっと眉を寄せる。月白《つきしろ》の掲《かか》げている扇子《せんす》の絵が青藍に与えられた課題と同じであることに、涼も気がついたようだった。

「いや、おれにはわからないです……」

でも、と涼が続けた。

「これ茶室っぽいですよね……詳しい人いたはりますよね、お身内に」

ぐ、と青藍が嫌そうな顔をしたのを見て、涼が苦笑した。

「おれから聞きましょうか?」

「いや……」

青藍は首を横に振った。

「ぼくが……自分で聞く」

この答えは自分で見つけなくてはいけないのだと、青藍はそう思うから。

三　美しい月の人

1

八月末、皓々《こうこう》と空に昇る満月は、そのまばゆい光で星々の輝きを飲み込んでしまう。

月白邸《つきしろてい》の庭で、青藍《せいらん》はまるで立ち尽くすようにその夜空を見上げていた。

うっそうと茂る木々は月光を遮《さえぎ》るように頭上を覆《おお》い隠す。昼間であれば深い緑色をしているはずの樫《かし》の葉は、今は空と同じ闇の色だ。

一歩、二歩と歩みを進めるうちに、やがてぽかりとその影が開けた。

そこには桜の木が一本、空に向かって枝を伸ばしている。

細く若い木だ。淡い月の光を切り裂くように、ごつごつとした枝を広げていた。

この木は春に花をつけない。しかしときおり思い出したかのように、ぽつり、ぽつりと秋に花を開かせることがある。

それは今思えば、夜にともる小さな明かりのようにも感じられた。

青藍はふ、と口元を緩《ゆる》ませた。

おととし——茜《あかね》とすみれがやってきた日にも、確かそんな花が咲いていた。

秋も深まる十月、桜紅葉《さくらもみじ》が鮮やかに色づくころだ。姉妹の対応をすっかり陽時《はるとき》に任せて、青藍自身はあの夜ずっと部屋に引きこもっていた。

陽時からは散々文句を言われたのをよく覚えている。

自分が呼んだくせに、挨拶《あいさつ》もしないまま離れに放り込むとはどういうつもりなのか、と。ぐうの音《ね》も出ないほどの正論だ。

けれど青藍はそうした。

改めて考えればばかばかしい話なのだけれど、青藍にもわからなかったのだ。自分が引き取った二人の姉妹を、どう扱って何を話して――どうやってともに過ごすのか。

あのころは、夜に起きて朝に眠る生活を繰り返していた。

誰もがとうに眠っただろう真夜中に、夜闇に誘われるように庭に降りた。今日と同じように庭を歩いて、やがてこの桜の木の前に出た。

ぽつりと一つ、花が咲いていた。

さあっと雲が晴れる。月の光がまばゆくあたりを照らす。

その月白《げっぱく》の光が、もう手の届かなくなってしまった大切な人に思えて――思わず手を伸ばした。

誰もその手を取ってくれるわけがないのだと、わかっていたのに。

あのときそばに、邸《やしき》に来たばかりの少女が立っていたことに、青藍は気づいていた。

おびえるように、けれどここで生きていくしかないのだと、年相応以上の覚悟と諦念《ていねん》をもって、月の光が作り出した影の中で懸命に立っていた。

「——青藍さん」

呼ばれて、青藍は空の夢から覚めるように視線を地に引き下ろした。その先で茜が不思議そうに首を傾《かし》げている。

「どうした？」

「夕食に呼びに来たんです」

あれから二年。あのときの彼女は、今優しい表情でもって笑いかけてくれる。

「悪い。ちょうど咲いてたから、観《み》たなって」

茜の顔が、その細い枝に咲いた桜の花を見てほころんだ。

「わたし、この桜の花、すごく好きなんです」

きょとんとしている青藍に、茜は力説した。

「だって春に咲くわけじゃないし満開にもならない。でも一生懸命咲いてるんです。最初に見たときからずっと好きでしたよ」

その言葉は、どうしてだかひどく青藍を満たしてくれる。

母屋《おもや》に向かう石畳を、茜と隣り合って歩く。隙間《すきま》から伸びる下草をざくりと踏むたびに青いにおいがした。風に薄《すすき》がゆらりとそよぎ、りいりいとかすかに鳴く虫の声が、季節が夏から秋に向かっているのだと感じさせた。

「……あの写真のこと、何かわかりましたか？」

茜がうかがうようにこちらを見上げている。

月白《つきしろ》の形見の長持ちに入っていた写真のことだ。そこに写っていた月白は、花のない桜の枝が描かれた扇子《せんす》を掲《かか》げていた。

その絵は、青藍の課題の絵にとてもよく似ている。秋にしか花をつけない、若く弱々しい――あの桜の絵に。

青藍は首を横に振った。

「いや。あの写真もどこで、だれが、何のために撮ったものかわからへんし、扇子も探してみたけど、どこにしまい込まはったんか……古い倉庫までのぞいたけど見つからへん」

青藍の使っている仕事部屋兼私室は、もともと月白の部屋だった。かつての扇子作りの道具や絵が残されているが、その中にも見当たらない。

陽時の部屋にも茜とすみれの住む離れにも。そして月白邸の元住人たちが勝手に建て増しした離れや倉庫まで探したが、青藍も少々途方に暮れているところだった。

「そもそものが多いし整理されてへんし、扇子一本探すのもえらい苦労する」

かつての住人たちが拾ってきたり作ったり壊したりしたものが、倉庫にも母屋にも、庭中あちこちに雑多に置き去りにされているのだ。

茜が深くうなずいた。

「わたしも整理したいんですけど、ここ古いお邸だから美術品とか古い着物とか、そういうものが出てきたらどうしようと思うと、あんまり触れないんですよね」

茜はこの邸に来てから、やれ物干しざおだのクリスマスツリーだのと、倉庫の中をあちこち探しているから、余計にそう思うのかもしれなかった。

青藍はふと、つぶやくように言った。

「うちに古いものなんか、そんな残ってへんやろ」

美術品や調度品の類《たぐい》が、あちこちに転がっているといえばそうなのだが、どれも月白が手に入れてきたものか、住人たちが作ったり持ち込んだりしたものだ。

古くから残っているものといえば、扇子作りの道具や商売の帳面など、『結扇《ゆいせん》』にかかわるものぐらいだった。

茜が首を傾げた。

「ここって月白さんの代より、ずっと前から久我《くが》家のお邸なんですよね。だとしたら、何も残ってないのはちょっと不思議です」

青藍は少し考えるようにうなずいた。

この月白邸――扇子屋の老舗《しにせ》であった『結扇』は、久我家の家業だった。

この東山《ひがしやま》のふもと、岡崎《おかざき》一帯はかつて田畑の広がる土地であった。そこに明治二十八年、内国勧業博覧会《ないこくかんぎょうはくらんかい》が開かれるのをきっかけに、現在の平安神宮《へいあんじんぐう》が作られるなど開発が進むことになった。

久我家がここへ移り住んだのは、それよりしばらく後のことだ。もともと今の河原町《かわらまち》あたりにあった邸を『結扇』ごと移築したそうだ。

「『結扇』は月白さんの先代のとき、お商売が傾いてたて話を聞いたことがある」

そのときにそれまで代々受け継がれていた調度品の類を、ほとんど売り払ってしまったのだろう。

「先代ってあの写真に写ってた女の人ですよね。確か、青月《せいげつ》さん」

ああ、と青藍はうなずいた。

青月は雅号《がごう》で、本名は久我伊都子《いつこ》。月白がこの人の跡を継いで久我の名前をもらうことになった。青藍にとっては結果的に、血のつながらない祖母のようなものだった。

だが青藍も写真でしかその顔を見たことがない。

月白は過去の話をあまりしない人だった。生きているのは今で、大切なのはこれから、という人だったから。

『結扇』のことも、そして月白自身のことも。青藍もまだ何も知らないのかもしれない。

その答えを、きっとあの写真は知っている。

漠然《ばくぜん》と、青藍はそんなふうに思うのだ。

あの形見の長持ちを青藍が開けることができたのも、そこにあの写真が残されていたのも。月白がすべてそう整えた。

そのときが、今だと青藍はそう思う。

だから探さなくてはいけない。

あの写真が残されたその意味を知って、きっと初めて。

ぼくはやっとあなたに——さようならを言えるのだ。

「見つかるといいですね」

見下ろした先で、心を読んだかのように茜が笑っていた。

「ああ」

青藍はぐっと顔を引き締めてうなずいた。

茜と、そしてすみれと。二人の姉妹がきっかけになって、青藍をここまで連れてきてくれた。だから自分は精一杯それに応《こた》えなくてはいけない。

「あと、心当たりはないんですか？」

ちょうど玄関先までやってきたところでそう問われて、青藍は一瞬沈黙した。

「……………いや」

一つなくはない。だがそこに頼るのはなんだか気が引けるというか、気を遣《つか》うというか、あまり気乗りしないというか。

正直、嫌だ。

青藍はため息交じりに、つぶやいた。

「でも、仕方あらへんか……」

肩を落とした青藍を、茜が不思議そうに見つめていた。


翌朝の土曜日。

のそりと暖簾《のれん》を上げてリビングにやってきた青藍に、するどいすみれの声が飛んだ。

「遅い、青藍何してたの!?」

高く結い上げた髪に白いシャツ、淡い紫色のエプロンには、小さな雀《すずめ》のワッペンがぺたりと貼りつけられている。

「悪い……」

「今日はすみれが朝ごはん作るって言ったのに。ちゃんと七時からだよって」

すみれが両手を腰に当てて青藍をにらみ上げる。

「青藍もお手伝いしてくれるって約束したよね」

「……今からする」

こうなると天才絵師もすっかりかたなしである。

マグカップを片手にソファに座っていた茜は、くすりと口元に笑みを浮かべた。もともと青藍は、この妹にすこぶる弱いのである。

「約束破るやつは、ご飯抜きにしちゃってもいいんじゃないの？　すみれちゃん」

皿を両手に、キッチンから顔を出した陽時の姿を見て、青藍がぎょっと目を剝《む》いた。

「おまえ、それ……」

その黄色のエプロンに、どんと貼りつけられているのは猫である。それも目がハートになっているやつだ。

陽時がニヤっと笑った。

「いいでしょ。茜ちゃんとすみれちゃんからもらったんだ」

河原町の雑貨店で見つけた、カラーバリエーション豊かな無地のエプロンに、ワッペンをつけようと提案したのは茜だ。ちょっとした遊び心だったのだけれど、張り切ってすみれが探してきたアイロンワッペンが、思いのほかぴったりだった。

「青藍さんのはそれですよ」

茜はソファに引っかけてあったエプロンを、青藍の胸元に押しつけた。その顔がひくり、と引きつるのがわかる。

「ぼくはいい」

とたんに、すみれがぐっとうつむいた。

「……いらないの？」

青藍がうっと詰まった。

「すみれが、頑張ってつけたんだよ」

うろうろとさまよう青藍の視線が、そのまま葛藤《かっとう》を表しているようだ。

すみれはなかなかしたたかなところがあって、青藍と陽時がどうすれば自分の言うことを聞いてくれるのか、最近どうもわかり始めているきらいがある。

だからここまでくれば、妹の勝ちは決まったも同然なのだ。

散々迷っていた青藍は、やがて苦渋《くじゆう》の決断でも下すかのように唇を結んでうなずいた。

一度部屋に戻った青藍が、わざわざ着替えたのだろう、デニムとシャツで戻ってきた。

やがて神妙な顔で身に着けたエプロンに、茜は思わずぐ、と噴き出すのをこらえた。

「……なんや」

「いえ」

身長が高いせいで裾《すそ》はちっとも足りていないし、そのうえ、薄い藍《あい》のエプロンの胸元には黒いクマである。ぬいぐるみのように、きゅるん、という効果音でもつきそうなつぶらな瞳で青藍の胸元からこちらを見つめている。

その瞳と目が合うと、もうやっぱりだめだった。

「ふっ……ふ、あははは」

その隣で陽時も、声も出せずにテーブルに突っ伏している。

無邪気に喜んでいるのは、すみればかりだ。

「すごい、青藍かわいい、似合ってるよ！」

「……ありがとうな」

遠い目をしたまま、青藍が苦いものを飲み下したような顔でそう言った。

——このエプロンに茜の分はない。

今朝、茜はキッチンに入ってはいけないのである。

「茜ちゃんはそこに座っててね、お手伝いもだめだからね」

すみれの言葉に、茜はソファに座ったまま苦笑交じりにうなずいた。

自分で何か料理をしてみたいとすみれが言いだしたのは、一週間ほど前のこと。それも茜の手伝いなしでやってみたいという。

火と包丁が危ないと言ったら、青藍と陽時に手伝ってもらうと答えが返ってきたとき、本気で止めたほうがいいかもしれないと茜は思った。

青藍も陽時も家事全般、特に料理にかかわる仕事の才能が一切ない。茜が来るまではすべて外食や出前だったそうで、できることといったら皿洗いとコーヒーを淹《い》れることぐらいだ。

それでもすみれは、かたくなにやると言った。

コンロの代わりにホットプレートで、できるだけ包丁も使わない朝のメニューをすみれと二人で考えた。

そうして迎えたのが今日である。

ぐちゃ、ともがちゃ、ともつかない音がして、すみれの悲鳴が飛んだ。

「青藍、卵のから入ってる！　割るの下手《へた》！」

カウンターキッチンの向こう側で、すみれが唇を尖《とが》らせている。いつもより頭二つ分くらい高く見えるのは、足りない身長を補うために踏み台を持ち込んでいるからだ。

「取ったらええんやろ。ああ、ほらすみれ。落ちるからあんまり動くなて」

その踏み台の上でぴょんぴょん飛び跳ねるものだから、青藍も陽時も気が気ではない様子だった。

それは今朝、キッチン立ち入り禁止になっている茜も同じだ。キッチンから物音や声が聞こえるたびに、何があったかとそわっと体が動いてしまう。

そうしてそのたびに、今日はすみれに任せるのだと自身に言い聞かせてなんとかソファに座りなおすのだった。

ボウルに卵と牛乳と砂糖。すべて混ぜてそこに陽時が切ってくれたパンを浸《ひた》す。ホットプレートの上にたっぷりのバターを溶かして、そのパンをじっくり焼いていく。

じゅわりという音とともにキッチンから流れてくる甘いにおいに、茜は目を伏せた。

懐《なつ》かしいにおいだ。

フレンチトーストは、母がよく作ってくれた。

肩から力が抜けて、茜はぽすりとソファの背もたれに体を投げ出した。

甘いにおいにつられて記憶がよみがえる。

まだすみれが赤ん坊だったころだ。茜たちは東京、高円寺《こうえんじ》のアパートに住んでいた。生まれて間もないすみれを茜があやしていて、その間に父と母がキッチンに並んで、朝食を用意してくれていた。

あれもフレンチトーストだった。

料理の苦手な父がコーヒーを、母がそれをからかう声に、じゅわりとバターがパンのふちを焦《こ》がす音が混じる。

とても懐かしくて、少し切ない。

もういなくなってしまった家族の思い出だ。

さびしくなって顔を上げると、キッチンの向こうですみれが満面の笑みを浮かべていた。

「陽時くん、すみれはアイスをのせたい」

「朝から？　おれしょっぱいのがいいから、ベーコンとか焼いてチーズのせようよ」

そう言いながら、陽時が冷凍庫を開けて中を確認する音がする。

「すみれ、焦げてるて！」

その後ろで青藍が慌《あわ》てていて、充満する焦げたにおいに三人分の悲鳴が重なる。

茜は一人ソファで、くすくすと肩を震わせて笑った。

思い出はさびしい。

でも今はこの賑《にぎ》やかな日々が、茜にとっての宝物だ。だからさびしさも切なさも受け入れて、今が幸せなのだとそう思うことができる。

テーブルの上に朝食がそろったのは、調理開始からおおよそ一時間半後のことだった。

不格好であちこち焦げたフレンチトーストがのった皿が四つ、それにバターと蜂蜜の瓶、ジャムと、なぜかバニラアイス。

ヨーグルトと、レタスをちぎって市販のドレッシングをかけたサラダに、いつものコーヒーと、すみれの前にはココアが用意されている。

ひと仕事終えたと言わんばかりにソファにエプロンを投げると、青藍がどさりと椅子に座り込んだ。

「……上出来やろ」

その隣ではすみれが、わくわくとした視線をこちらに向けている。

「茜ちゃんっ！」

「うん、いただきます」

ナイフとフォークで切り分けたフレンチトーストは熱々で、じゅわりとバターが滴《したた》り落ちた。たっぷりとジャムをつけてほおばる。

口の中にジャムの爽やかな酸味とミルクとバターの濃厚な風味が広がった。あちこち焦げていてやや香ばしすぎるような気もする。

でも最高のごちそうだと思った。

「おいしい！」

「ほんとう⁉」

すみれがぶわっと顔を輝かせた。

「うん、すごいねえ、すみれ」

褒《ほ》められてうれしそうに笑っていたすみれが、ぐっと顔を引き締めた。

「すみれもね、茜ちゃんみたいにおいしいご飯を作れるようになりたいの」

テーブルに身を乗り出して、内緒話でもするようにそうっと小さな声で言った。

「そしたら、茜ちゃんがすっごく辛《つら》いことがあっても、大丈夫。すみれがご飯作って、おうちで待っててあげる」

そうして笑うすみれのまぶしさがあまりに胸に迫る。茜は思わずフレンチトーストを切り分ける手を止めて顔をそむけた。なんだか泣いてしまいそうになったからだ。

すみれも、こうやって一つずつ大人になっていく。

「ありがとう、すみれ。じゃあすみれと、青藍さんと陽時さんが辛いときは、わたしがご飯を作って待ってる」

茜の帰る場所はここだ。何があってもどれだけ辛くても。だから、と茜は妹としっかり視線を合わせてうなずいた。

「わたしが泣いちゃったときには、すみれにお願いするね」

いるから、今日も一日頑張ろうと思えるのだ。
ここに帰ってくればいつだって「おかえり」が待っててくれているのだと、そう知って
ぴかぴかの笑顔で胸を張る妹が、なんだか誇らしくて仕方がない。
「任せて！」

その電話があったのは、もうすぐ昼にさしかかろうとするころだった。

電話を切った青藍が、口をへの字に曲げて複雑そうな顔をしているのを見て、茜は思わず問うた。

「珠貴《たまき》さんですか」

「……ようわかるな」

月白邸の固定電話にかけてきて、青藍がそんな嫌そうな、けれどどこか困ったような顔をする相手なんてそう多くはない。

東院《とういん》珠貴――青藍の腹違いの兄である。

京都に東院家という古い絵師の一族がいる。

千年の昔から存在し、かつては朝廷や幕府の御用絵師を務めていた。本家は下鴨《しもがも》神社の南、糺《ただす》の森にその広大な邸を構え、今でも寺社の襖絵《ふすまえ》や障子絵《しょうじえ》、文化財の修復などを手が

けている。

珠貴はその東院家の現当主だ。

前当主、東院宗介《そうすけ》と本妻である志摩子《しまこ》との間に生まれたのが珠貴、その十数年後、当時邸にいた別の女性との間に生まれたのが青藍だ。

幼少期、青藍は東院家の離れに住んでおり、母屋に上がることを許されなかった。志摩子が青藍のことを毛嫌いしていたからだ。

けれど皮肉なことに、ひときわ絵の才を開花させたのはその青藍だった。

東院家の得意とする緻密《ちみつ》で繊細な描写と、淡く色づけするに留《とど》める静謐《せいひつ》な絵——東院流の枠を超え、いつしか青藍は鮮やかで美しい絵を描くようになった。

やがて宗介が亡くなり珠貴への代替わりを迎えるころ、小学生だった青藍は志摩子に絵を奪われ無為なときを過ごす。

その彼に手を差し伸べたのが月白だった。

それ以来青藍は月白邸で日々を過ごし、久我の名前を継いで、珠貴や東院本家を避けるように、ほとんどかかわりのない暮らしを送ってきた。

それが少しずつ変わってきたのは、ほんの最近のことだ。

青藍が苦い顔で言った。

「月白さんの残さはった写真、どうも場所がお茶室みたいに見えるやろ。それやったら、珠貴さんが何か知ったはるんとちがうかなと思て……昨日、連絡しといた」

なるほど、と茜はうなずいた。

珠貴は茶と花に才があるそうだ。特に茶は、自宅である東院本家の庭に、専用の茶室まで建ててしまうほどだ。

昨日青藍が逡巡《しゅんじゅん》していた〝心当たり〟とは珠貴のことだったのだろう。

むす、と青藍の唇が嫌そうに曲がった。

「そしたら写真見せに本家まで来《き》ぃて言わはる……行ったらどうせまた、絵を描けや作品出せやてうるさいんや」

古くからの一族である東院家は盤石《ばんじゃく》に見えてその実、衰退の危機を迎えていると茜も知っている。肝心の腕を持った絵師が今、少なくなっているのだ。

だから珠貴は、青藍が欲しい。

青藍は東院の名で絵を描くことはない。

東院流の淡く精緻な絵は確かに美しい。けれどもっと色鮮やかで、目の前にある心ごと描ききってしまうような自由な絵を、青藍はいつだって描きたいと望んでいる。

だからこそ珠貴は、東院の名を冠することなく画壇を席巻し、新進気鋭とうたわれるこの才が、喉《のど》から手が出るほど欲しいのだ。

茜はくすりと笑った。

「珠貴さん、青藍さんに会いたいだけなんじゃないですか？」

ひどく心外そうに青藍が顔を上げた。

茜も何度か珠貴と顔を合わせたことがある。

瞳の奥に氷を押し込めたような、冷たく怜悧《れいり》な雰囲気を持つ人だ。けれどときどき、青藍を見て、ふわりとあたたかな春を迎えたように笑う。

そういうとき、幾重《いくえ》にも押し固められた厳冬期の雪のような重たい確執《かくしつ》が、春のひだまりの中でゆるゆると溶かされているように茜は思うのだ。

そうしてそれは、青藍もわかっているはずだった。

「ちょっとは弟っぽく、お兄さんに甘えてみたらどうですか」

わずかばかりまなじりを下げて、青藍がぼそりと言った。

「二十年以上もお互いのこと、ようわからへんて思うてきて……いまさら弟っぽくて言われたかて、困る」

ああ、この顔はたぶん気恥ずかしいのだろう。

いまさら普通の兄弟のように頼ったり頼られたり、用がなくともその顔を見に出向いたり、喧嘩をしたり仲直りしたり。

そういうことを一つずつ積み重ねていくことが、なんだか面映《おもは》ゆいのかもしれない。

「会って話して、ときどきありがとうって言えばいいんですよ」

茜だって姉だからよくわかる。弟妹をかわいく思う兄姉は、それだけでだいたい満足なのだ。

それを聞いた青藍が複雑そうに顔をゆがめたのを見て、茜はくすくすと笑った。

その悩みに悩んだむずがゆそうな顔を見せるだけでも、きっと伝わるに違いないと、そう思いながら。

2

東院《とういん》本家は、下鴨《しもがも》神社の南、糺《ただす》の森のすぐそばにある。古来から千年の植生を残す、静けさを織り込んだような神の森だ。

茜《あかね》はその門の前で深く息を吸った。

ここを訪れたことは幾度かあるけれど、いつもとても緊張する。威圧感のある黒檀《こくたん》の門のせいだろうか、一分《いちぶ》の隙《すき》もなく敷き詰められた庭の白砂のせいだろうか。

それとも月白邸《つきしろてい》とは違う、何の音も許さないこの重い静寂《せいじゃく》のせいだろうか。

茜と青藍《せいらん》は母屋《おもや》を素通りして、珠貴《たまき》の待っているという茶室に案内された。

その茶室は庭の端、苔《こけ》むした岩のそばにひっそりと建てられていた。

露地《ろじ》は飛び石が短く連なっていて、小さな庭には枝ぶりの良い細い松が、その脇には庭石が一つ。

小ぢんまりとした家のような茶室は、狭い躙《にじ》り口《ぐち》をくぐった先が四畳半ほどの部屋になっていた。珠貴はいない。青藍がやや自信なさそうに入り口の横を指した。

「招かれた客は順番にここに座るはずや」

「青藍さん、こういうの詳しいんじゃないんですか？」

「小さいころ習《なろ》たことはあるけど……あんまり性《しょう》に合ってへんかった」

肩をすくめた青藍に茜は小さく笑った。

この人は変なところで几帳面《きちょうめん》なくせに、堅苦しいしきたりや複雑な手順を踏むことが、実はそんなに好きではないのだ。

二人して適当な位置に座って、青藍が腕を組んだ。

「それでなくても小さいころやろ。まず床《とこ》の間《ま》を見ろとか、茶飲むときは茶碗を回してからとか……そんなんようわからへんかったしな」

でも、と青藍がふ、と視線を宙に投げた。

夏の陽気を残すこの日中であるのに、不思議と暑さは感じない。

風が木々を通り抜けるさらさらとした音だけが、かすかに静寂の中を満たしている。

見上げると、丁寧《ていねい》に磨かれた飴《あめ》色の梁《はり》が天井にわたされている。縦横《たてよこ》に格子《こうし》のはまった窓からは、初秋の光が畳の上に柔らかな陰影を描いていた。

「きれいやなあ」

青藍がそう、ほろりとこぼした。

以前、茜はここに呼ばれたことがある。

あのときはまだ珠貴と確執《かくしつ》の深かったころで、この茶室の静寂もずっと重苦しく感じていた。

けれど今は違う。たぶん青藍も同じことを思っているのだろうとわかった。

「今は、ここの風情《ふぜい》もちょっとはわかる」

畳の敷かれた広い床の間には、掛け軸《じく》に赤とんぼが一匹飛んでいた。夜だろうか、淡い三日月が浮かんでいる。精緻《せいち》な筆と淡い色遣《いろづか》いがいかにも東院流だ。

手前には薄い雲のような釉薬《ゆうやく》がかかった花入れに、薄《すすき》が一つ。

「……もう、秋やて感じするなあ」

青藍がそうぽつりとつぶやいたとき。

「──ようやっと、ものがわかるようになってきたなあ」

神の森を吹き抜ける風のように、凛《りん》と涼やかな声がした。横の襖《ふすま》が音もなく開いて、壮年の男性が畳に手をついて一礼した。

東院珠貴である。

その瞳の奥に氷を隠す美しい人だ。柔らかな京都の言葉には皮肉も混じっていて、青藍は面白くなさそうにふい、とよそを向いた。

珠貴がその口元を笑みの形に吊り上げた。

「それで、座る場所違《ちご》てるけどな。お客さんはあっち」

床の間の前を指されて青藍がむっと口をつぐんだ。茜と二人でもそもそと場所をうつす。

青藍が悔し紛《まぎ》れに口を開いた。

「こういうのは、作法にとらわれず自由に楽しむんがええんとちがうんですか」

「作法にも様式にも、ちゃんと全部意味があるんや」

たとえば、と珠貴の切れ長の目が床の間をとらえる。

「お軸やお花を設《しつら》えるんは、季節を楽しんでもらうため。お茶碗を回すんは亭主への気遣《きづか》いや」

さらりとその指先が畳をなぞる。

「季節で釜《かま》の位置を変えるんは、お客様が熱ないか寒ないか考えてのことやし、お道具もお茶室も、結局はどうやったらお客様においしいお茶を飲んで季節を感じてもらえるか、そういうところに行き着くんやてぼくは思うけどね」

自分で作り上げた茶室を眺める珠貴は、どこか誇らしそうだ。才があるのは本当なのだろうけれど、それよりもただ茶が好きなのかもしれない。

見たことのないような、穏やかな顔をしているような気がしたから。

そうしてそれは、前に来たときには気がつけなかったことだ。

「……覚えときます」

青藍がどこかふてくされている子どものように、むすりと言った。それを見つめる珠貴の目の奥にかすかにうれしそうな光が揺れる。

この人たちは、ようやく今から、ぎこちないながらに兄と弟を始めているのだ。

「──まあ今日はええわ。茜さんもいてはることやし、ぼくも茶を点《た》てるつもりはあらへんから」

珠貴が障子《しょうじ》の向こうから盆を引き寄せた。上にはガラスのポットと、氷の入ったグラスが三つ置かれている。茶菓子は九月らしく、ぴょんと耳の立った愛らしい兎《うさぎ》の饅頭《まんじゅう》で、茜も青藍も戸惑《とまど》ったように顔を見合わせた。

「かわいらしい趣味にならはりましたね」

珠貴がそこでわずかに苦い顔をした。

「茜さんが来るかも言うたら、わざわざ差し入れてくれはったんえ。——笹庵《ささあん》の鈴《すず》さんや」

茜は目を丸くした。

そういえばガラスのポットの中に揺らめくのは、バラの花びらに削ったライムとハーブ、まだ溶け残っている宝石のような氷砂糖だ。

茜の叔母《おば》である、東院鈴が好んで飲むものだった。

「あれ以来、笹庵に顔出してへんのやて？」

珠貴に問われて、茜は静かにうなずいた。

茜とすみれの父である樹《いつき》は、東院家の分家である笹庵の長子であった。御所南《ごしょみなみ》に広大な邸《やしき》を持ち、庭に瑞々《みずみず》しい笹が茂っているから、笹庵という屋号で呼ばれていた。

父はそこの跡継ぎだったが、大学時代に母の比奈子《ひなこ》と出会い、卒業すると同時に結婚し、東院の名を捨てて東京の高円寺《こうえんじ》へ移り住んだ。ほとんど駆け落ち同然だった。

笹庵の家は樹の弟であり、茜の叔父《おじ》にあたる東院祐生《ゆうき》が継いだ。鈴はこの佑生の妻だ。

もとより天涯孤独であった母が東京で、そして移り住んだ京都で父が死んで、身寄りのなくなった茜とすみれは、一度この笹庵の家に引き取られた。

叔父は、二人を引き取ったのは見捨てるのは外聞が悪いからだとはっきり言った。

兄が――東院分家の長男が、どことも知れぬ女と子どもを作ったなど恥ずべきことだ。

そして茜とすみれは間違いの子なのだとも。

生活に不自由はなかったものの、二人はあの押しつぶされそうな静寂の中で、父と母をさげすむ言葉を聞きながら半年を過ごした。

叔父にも叔母にも理由があったのだと知ったのは、今年の冬のことだ。

特に叔母とは初めてゆっくり話をして、彼女には彼女なりの苦悩があったのだと知った。

だからといって、父や母にかけられた心無い言葉も、すみれを一度奪われそうになったことも、茜はどうしたって許すことができない。

だから飲み込んで理解して、今は少し心から遠いところに置くことにしている。

「……機会があれば、また訪ねようと思います」

叔父や叔母と平静に顔を合わせられるほど、茜の心はまだ成熟していない。

見上げると青藍がじっとこちらを見つめていた。それでいい、と言ってくれているみたいでほっとした。

「そうか」

何も聞かずに珠貴が注いでくれたその茶は、華やかな香りがしてほんのりと甘い。あのときはあたたかだったが、こうしてきりりと冷やすと、より涼やかに喉《のど》の奥に転がり落ちていくようだった。

「──さて、本題やけど……なんや茶室のことが知りたいんやて？」

珠貴の言葉に応《こた》えるように、青藍が写真を畳の上に差し出した。月白《つきしろ》の箱の中に入っていた例の写真だ。

「えらい古い写真やね。月白さんと……これ、青月《せいげつ》さんやな」

青藍がうなずいた。珠貴が淡々と続ける。

「月白さんがずいぶんお若いころやね。でも、羽織に久我《くが》の紋を使《つこ》たはるいうことは、ちょうど『結扇《ゆいせん》』の代替わりあたりの写真やあらへんやろうか」

そうして、その瞳をわずかにすがめたのだ。

「月白さんが久我になったころや……東院家を捨てて」

おまえみたいに、と付け加えこそしなかったけれど、珠貴の氷の瞳の先で青藍が険《けわ》しい顔をして唇を結んでいた。

月白──久我若菜《わかな》も、かつては東院家の人間であった。

東院家前当主、東院宗介《そうすけ》の従弟《いとこ》であり、幼少期をこの東山《ひがしやま》で友人として過ごしたそうだ。

そしてそのころ、彼もまたその類《たぐい》まれなる絵の才を開花させた。

東院家の絵師として将来を嘱望《しょくぼう》されていた若菜は、そこで何があったのか、『結扇』に扇子《せんす》職人として弟子入りし、五十年近く前に跡を継いで久我となった。

そういう意味で、月白もまた東院家を捨てた人間だ。

「月白さんが今の東院に残ってくれたはったらて、そう思わへん日はあらへんわ」

それは暗に、青藍が今この一族にいてくれていたならと、そういうことだ。

珠貴の目じりに柔らかな皺《しわ》が寄る。それは笑みの形だけれど、ちっとも笑っているようには見えなかった。

この人はこういう底知れない冷たさを持つ人で、それは千年の一族を肩に背負う、重圧と矜持《きょうじ》に理由があるのだと茜は知っている。

月白が、そして青藍が自由と引き換えに置き去りにしたものの渦中で、今もなお凛と立ち続けるために。

「それは残念なことですね」

青藍もそれをわかっていて、己《おのれ》の自由に胸を張る。

兄弟がどれだけ歩み寄ったとして、これだけはこの先も、簡単に相容《あいい》れることはないのだろう。

息を呑むような緊張に茜が身を固くしていると、やがて珠貴がほう、と息をついた。それで空気が柔らかくなった。

「……青月さんについてはぼくもあんまり詳しない。生まれたときにはもう亡くなったはったし、月白さんや『結扇』についてもようわからへん」

青藍がわずかに目を丸くした。

「珠貴さんがですか？」

「分家やいうても、うちは久我とはもうあんまりかかわりなかったみたいやしなあ」

久我家は東院家の分家の中でも、遠縁も遠縁、つまり格からすれば一番下であったと珠貴は言った。

一般庶民の茜にしてみれば家格という言葉は縁遠い話であったが、千年も途切れることなく続く一族ともなると、まだこういうものが十分に生きているらしい。

そもそも本家とか分家という話ですら、あまりピンときていないところがあるのだ。

──明治時代、近代化の波に押されるように人の営みが変わり、商売の在《あ》り方が変わり、東院家も徐々にかつてほどの力を失いつつあるころだった。

扇子を主《おも》に扱っていた久我家も、また苦境に立たされることになった。

かつては京都の中心地にあった邸を売り、東山の岡崎《おかざき》へ移り住んだ。それでも商売は苦しくなる一方だったそうだ。

そうして東院本家にしても、その久我を支えてやるだけの余力は残っていなかった。

それから大正《たいしょう》、昭和《しょうわ》と、東院家から細々と仕事の斡旋《あっせん》を受けながら、一族の端に引っかかるようにして商売を続けてきた『結扇』だが、およそ五十数年前の青月の代、それもそろそろ限界かと思われた。

「跡継ぎにも恵まれへん家でね、青月さんの代で家系は最後、商売も畳むかどうするかて悩んだはったそうや」

それが突然月白が弟子入りし、その跡を継いだのだという。

「月白さんが跡を継いでうちとはほぼ手ぇ切って、傾いてた『結扇』のお商売ももとに戻さはった」

珠貴が肩をすくめた。

「ほんま、うちも嫌われたもんやわ」

いや、と首を振ったのは青藍だった。

「あの人は良くも悪くも商売人やったさかい。東院と手ぇ組んでると儲《もう》からへんてだけで、本家のこと好きとか嫌いとか別にあらへんかったんやないかて今は思います」

困ったように——茜の見間違いでなければ、珠貴に気を遣うように視線を左右に逃がす。

「おまえね……気ぃ遣うにしても言い方いうもんがあるやろ。そんなうちが貧乏神みたいな言い方、絶対よそでせんといてや」

珠貴がむ、と口を尖《とが》らせた。向かい側で青藍も同じ顔をしてにらみ合っているから、この人たちはやっぱり兄弟なんだと茜はくすりと笑った。

ときを同じくして東院家の跡取りとなった宗介は、「先生」と呼ばれたほどの筆を持ち、その筆致《ひっち》で東院流を牽引《けんいん》した。傾きかけていた東院家が今日までその命脈をつなぐことができたのは、宗介によるところが大きい。

そしてそのあと東院本家の当代を継いだのが珠貴、『結扇』は畳んだものの、久我を継いだのが青藍である。

珠貴が居住まいを正して、怜悧な瞳で青藍を正面から見つめた。

「おまえ今さらこんな写真引っ張り出してきて、どういうつもりなんや?」

「――この写真は、月白さんの形見の長持ちから出てきました」

青藍の言葉に、珠貴がわずかに目を見開いたような気がした。

「これはたぶん偶然やなくて……月白さんがはっきり意志をもって、ぼくに遺《のこ》さはった」

この写真を、そして扇子の絵を知ることは、月白の過去を知ることだ。

「だからぼくは、この写真のことを知りたいんです」

「それで、見つけてそれをどうするんや。また何年も、亡くした人を悼《いた》んで過ごすんか」

それは強烈な皮肉だった。思わず立ち上がりかけて茜はぐっと手のひらを握りしめる。

これは青藍が答えるべきことだ。

それにどこかで茜も、同じことを考えていたからだ。

青藍は写真の真実を知って、そうして、その後どうするつもりなのだろう。

しばらくの沈黙ののち。青藍がぽつりと言葉を返した。

「——……ぼくは今までずっと、〝これまで〟のことを考えてきました」

それは静かに、茶室の中に響いた。

「だから〝これから〟のことを考えたい。そのために……必要なんです」

それ以上青藍は何も言わなかった。ただ視線だけがちらりと茜をとらえたような気がしていた。

こんどは自分の番だと、まるでそう言うように。

珠貴は静かにため息をついた。

「わかった」

そうしてほろりと笑う。それは兄が弟を思いやる、春の雪解けのような笑みだった。

「不肖《ふしょう》の弟のためや、兄さんが手伝《てつど》うたろ」

「……気色悪いこと言うのやめてくださいよ」

ぞっと身を引いた青藍に、珠貴は珍しく声を上げて笑ったのだ。

一通り青藍をからかって気がすんだのか、珠貴が畳の上の写真を指した。

「この写真、扇合《おうぎあわせ》みたいなことをやったはるんとちがうやろうか」

茜と青藍が顔を見合わせていたからだろう。ぽつぽつと教えてくれる。

「平安《へいあん》時代の遊びで、いわゆる物合《ものあわせ》の一つやね」

平安時代、持ち寄ったものを互いに出し合って、どちらが優れているか決めることを物合といった。歌などが有名だが、絵や香に虫、そして扇子もその一つだ。

「たとえば扇子の出来栄《ば》えとか、描いたある歌なんかの内容とかで競たんやと思うけど、この写真も左右で扇を競てるように見える」

なるほど、と茜は口元に手を当てた。言われてみればわざわざカメラのレンズに向かって、扇子を見せているようでもあった。

「こっち側に誰かがいて、その人が優劣を決める判じ役をやったはったんかもしれへん」

珠貴の指がす、と写真の上を滑っていく。

「それでこの場所やけど、まあ茶室やろうな。ここに炉《ろ》が切られてる」

茜もうなずいた。小さな四角形に切り取られた畳はそこを持ち上げれば炉となり、釜を置いて茶を点てるための湯を沸かすことができる。

「それから――」

珠貴は月白の後ろに置かれた、六曲一隻《ろっきょくいっせき》の屛風《びょうぶ》を指した。

「――川に揺れる柳《やなぎ》の屛風」

そうして珍しく、どこか得意げな顔で珠貴がつぶやいたのだ。

「これを飾るお茶室を、ぼくは知ってる」

静寂の空間に、涼やかな風が吹いたような気がした。

3

その翌日、茜《あかね》は青藍《せいらん》とともに、西本願寺《にしほんがんじ》のほど近くを訪れた。

京都駅の北西に位置するその寺院は、浄土真宗《じょうどしんしゅう》本願寺派の本山である。

広大ともいえる敷地の中に、阿弥陀堂《あみだどう》や御影堂《みえい》がどうどうとその身を青空にさらしている。振り仰いだ空は高く広く、その敷地の広大さ故《ゆえ》か、そばを通る道路の車の音はほとんど聞こえることがない。

境内《けいだい》の中に立ち正面の御影堂を見上げていると、外の世界から切り離され、まるで違う時代に来てしまったかのような不思議な気持ちになるのだ。

そこから堀川通《ほりかわどおり》をはさんで、門前町が広がっている。今でも数珠《じゅず》や法衣《ほうえ》などの仏具をはじめとする、仏教にかかわりの深い店が軒《のき》を連ねる一角だ。

そこから一本外れた通りにその建物を見つけて、茜は思わず青藍と顔を見合わせた。昨日、珠貴《たまき》が教えてくれた場所である。

「ここですよね……」

これまでの街並みによく見られた町屋《まちや》とは異なる、三階建ての武骨なビルだった。一階はシャッターが下りていて、その間口の広さからかつては配送のためのトラックなどが入ることができるようになっていたのだろう。

一階と二階の間には、褪《あ》せた色の立体文字が残っていた。『西東《さいとう》』、その前に小さく〝紙・印刷〟とある。

「――ご連絡いただいた、久我《くが》さんやろうか？」

声をかけられて二人は同時に振り返った。

小柄な女性だった。井村奈美《いむらなみ》と名乗った彼女は五十歳も半ばを過ぎたほどの年齢で、笑うと向日葵《ひまわり》が咲いたようにどこか素朴な明るさのある女性だった。

「久我青藍です」

会釈《えしやく》した青藍の横から、茜は頭を下げた。

「こんにちは。七尾《なお》茜です。久我さんのおうちでお世話になっていて、今日は付き添いでお邪魔しました」

奈美はビルを見上げて、その目にさびしさをにじませた。

「びっくりしたでしょう、ぼろぼろのビルで。なかなか借り手も見つからへんし。お掃除はお願いしてるんやけど……人が離れるとやっぱりねえ」

西東紙業は古くからの紙問屋で、明治時代に屋号が変わる前から数えると、おおよそ三百年近く、この地で店を構えていたという。

かつては写経用の質の良い布や紙、墨の取り扱いから始まったそうだ。それから紙全般を卸《おろ》すようになり、最後は印刷業も手がけていたらしい。

その商売を畳んだのは十年ほど前、会長である西東久三《きゆうぞう》が他界したためで、当時九十数歳という大往生《だいおうじよう》であった。

「お商売も先細りやったし、うちも結婚して家出てしもてたしね。ちょっとさびしいけどおじいちゃんが亡くなったときが、ええタイミングやったんとちがうかな」

久三は奈美の祖父だ。彼が亡くなった後、社長であった父と奈美とで西東紙業を畳むことを決めたのだと言った。

古びたビルの横には小さな勝手口がついていた。その先は通路になっていて、ビルの脇をすり抜けるようにずっと奥に続いている。その先にまたアルミサッシのドアが立ちふさがっていて、取っ手を回すと、ぎいと錆《さ》びた音とともに開いた。

ドアをくぐった先。ふ、と音が消えた。

清涼な川のにおいと、瑞々《みずみず》しい木々の気配がする。

足元はコンクリートを打った通路から、柔らかな土に変わっている。石畳がぽつぽつと続いていて、そのふちは柔らかな苔《こけ》で彩られていた。

そこからは、庭が広がっていた。

ぐるりと見回してしまえるほど小さいけれど、ふっくらと築山《つきやま》が盛り上げられ、茜の背《せ》丈《たけ》ほどもある庭石が一つ、それより低いものが二つばかりあしらわれていた。

今はどちらも深い緑の葉を茂らせている桜と紅葉《もみじ》は、目隠しの意味もあるのだろう、庭の外側に沿ってぐるりと取り囲んでいる。

築山を巡るように一メートルほどの幅の川が、カラ、カラと、ときおり底の小石を転がすような緩《ゆる》やかさで流れていた。

そうして、そこに見事な柳《やなぎ》が一本。何十もの枝を、ゆらゆらと風にそよがせている。細い枝先が揺れるたびに川面《かわも》をひっかいて、いびつな波紋を生み出していた。

に鎮座《ちんざ》していた。
思わず後ろを振り返ると、西東紙業の武骨なビルの背面が、奇妙な現実感を伴《ともな》ってそこ
川に面して、小屋のような家が立っている。小ぢんまりとしたそれは茶室だとわかった。
「ここは、おじいちゃんが趣味で持ってたお茶室なんです。正式な名前はあらへんのです
けど、みんな『風柳草庵《ふうりゆうそうあん》』て呼んだはりました」
東側に細い格子《こうし》のはまった小さな丸窓が、南側は川に向かって開かれていて、縁側が設《もう》
けられている。今は縁側の内側を障子《しょうじ》で遮《さえぎ》られていた。
決して華美な造りではない。むしろ簡素で素人《しろうと》くさい造りがあちこちに散見される。け
れど誰かが強い意志を持ってこのビルのはざまに作り上げた、美しい空間だった。
「東院《とういん》本家の珠貴さんから聞きました。茶人の間でぜひ招かれてみたいて言われてたお茶
席がある――それがこの風柳草庵やて」
奈美はどこか照れた様子で、ぱたぱたと片手を振った。
「いややわ、あんなとこのご当主に褒《ほ》めてもらえるやなんて、おじいちゃんが生きてたら
喜んだはったわ」
「ご存命のころは、よほどのお友だちしか招かれへんて、残念そうでしたよ」
青藍が言うと、奈美が肩をすくめた。

「お茶席はおじいちゃんの道楽やったさかいね。誰かにお披露目《ひろめ》するようなもんでもあらへんから、ご近所のお友だちとか、うちの従業員とか呼んだはっただけよ」

奈美がきゅう、と丸い目を細めた。

「うちはおじいちゃんっ子やったから、小さいころはここでよう遊ばせてもろたんえ」

どうぞ、と招かれて茜はおずおずと風柳草庵のそばに歩み寄った。

その建物は静かに、泰然《たいぜん》とそこにたたずんでいた。

近づくとよくわかる。

磨かれ塗りなおされた濡れ縁は、けれどぽろぽろと端から腐り始めている。何度も修理された跡のある窓枠には、風雨に長年さらされ続けたからだろう、濃い染《し》みがあちこちににじんでいた。

この建物は主人を失って朽《く》ちようとしている。

それが独特のさびしさを纏《まと》わせていて、この茶室を凜《りん》と気高《けだか》い静かな生き物のように見せていた。

躙《にじ》り口《ぐち》はなく、小さな玄関から、縁側に沿うように廊下を通ってその部屋に案内された。

北側の床《とこ》の間《ま》には今は何も飾られていない。

奈美にすすめられてそこに座って、青藍があぁ、とつぶやいた。

「……これは……」

茜は青藍の隣で、わずかに目を見開いた。

縁側と内側を仕切る障子に、ゆらり、と川面の波紋が揺れた。

太陽の光に照らされて、濃く、淡く。風が吹くたびに、柳の枝が影となってその波紋をくしゃりと壊す。

この影が彩る景色をもって、ここは風柳草庵と呼ばれたのだ。

目を閉じる。川が流れる音が、柳の枝同士がぶつかるからからと軽やかな音が聞こえる。

深い木の香りと、濃い水のにおい。

ふと目を開ける。

写真と同じ場所に六曲《ろっきょく》の屏風《びょうぶ》が据えられていた。本来左右で対《つい》になるはずの屏風だが、部屋の大きさに合わせてあつらえたのか、片側――一隻《いっせき》のみである。

静かな風にその身を遊ばせる柳の絵が、窓の外の光の揺らめきを想像させた。

右下に小さな文字が書き入れられているのを見て、青藍が目を見開いた。

「――……これ、青月《せいげつ》さんの筆ですか」

奈美が小さくうなずいた。

「そうらしいなあ。うちはお商売柄、久我の結扇《ゆいせん》とお付き合いがあって、祖父と青月さんはお友だちやったんやて。それで、このお茶室を作ったときに描いてもろたらしいわ」

では、やはりここでまちがいないのだ。

茜は青藍がぐっと息を詰めたのを見た。

おおよそ五十年近く前のこと。ここで若き月白《つきしろ》と青月は向かい合っていた。

青藍が懐《ふところ》から、例の写真を取り出して畳の上にそうっと置いた。

「この写真に写ってるのは、このお茶室やと思います」

奈美は驚きの表情一つ見せなかった。その顔にほんのりと笑みを浮かべたまま、そうして言ったのだ。

「そうえ。ほんまに懐《なつ》かしい。うちもこのとき……ここに一緒にいたんえ」

「え……」

青藍が思わずといったふうにこぼした。

「まだおじいちゃんのお膝《ひざ》に乗るぐらい小さいころよ。でもよう覚えてる。きれいなお着物を着せてもろて、青月さんと若菜《わかな》さんが来てそこに向かい合ったはった」

青藍と茜の座っている場所を指して、奈美はじっとこちらを見つめた。

「──久我青藍くん。わたしはきみを待ってた」

ざわり、とひときわ強く風が吹いた。

奈美が屏風の裏からするりと盆を滑らせた。そこには墨を塗り込めたような、黒く細長い箱が一つのっている。扇子《せんす》を入れるための箱だとすぐにわかった。

「いつかきみがここに来たら、渡してほしいものがある。そう若菜さんに頼まれたんえ」

青藍が息を呑んだ。

盆の上の黒い箱を戸惑《とまど》ったように見つめている。やがて手を伸ばそうとして、自分の指先が震えていることに気がついたのだろう。ぐ、と手を握りしめていた。

盆の上の箱を懐かしそうに見下ろして、奈美が照れたように口を開いた。

「若菜さんはね、わたしの初恋の人やねん」

——幼いころの奈美は、祖父の庭がお気に入りの場所だった。ここにいればきれいな着物を着せてもらえるし、会社のあるビルに行けば、従業員たちにおいしいお菓子をもらうこともできる。

それに、ときたま訪れる憧《あこが》れのあの人に会うことができるからだ。

「うちはもともと扇子屋さんやった結扇さんにようしてもろててね。おじいちゃんとお友だちやいうのもあって、青月さんは会社に来たら風柳草庵にも寄らはった」

そういうとき、たいていその人も一緒だった。

青月の弟子で結扇の職人でもあった、若菜だ。

そのころはまだ三十歳ほどの青年で、背が高くなによりたいそうな美丈夫《びじょうふ》であった。

いつも青月にならって着物姿だったが、ときたま背広を着ているとそのすらりとした体躯が十分にわかったし、きりりと切れ長の目でつい、と視線を流されると、まだ十にもならない奈美だってなんだかどきりとしたものだ。

「若菜さんてほんまに人気ある人でね。結扇さんが来る日は、そのときの若い女の子の従業員がみんな若菜さん目当てでお庭に来て、おじいちゃんに怒られたりしてたんえ」

これが若菜のほうもまんざらではなかったらしい。勝手口や社屋の窓から声をかけられると手を振り返したりなどしていたそうで、彼が来ると社内はいつも大騒ぎだった。

青藍がぐったりとうなだれて、額《ひたい》に手のひらを当てる。

「あの人、どの時代もそういう人なんやな……」

以前茜も聞いたところでは、月白はそのころから京都の花街《かがい》でも上手に遊ぶ〝粋人《すいじん》〟であったらしく、芸舞妓《げいまいこ》たちからも人気があったそうだ。

それは何十年もときを経《へ》て、青藍や陽時《はるとき》が月白邸にいたころもそうであったというから、月白のもとからの気質であるのかもしれなかった。

奈美がぽつりと続けた。

「それからしばらくして青月さんが亡くならはって、若菜さんがお商売を継がはった。最後の十年ぐらいは、うちともちょっと疎遠《そえん》になってたんかな」

奈美も結婚し家を出て西東紙業は父が継いだ。やがて十年ほど前、祖父、久三が亡くなって、西東紙業は惜しまれながらも商売を畳むことになった。

後片付けに追われてしばらく忙しかったのが、ようやく落ち着いたころ。

「若菜さんが、ほんとに十年以上ぶりに訪ねてくれはってねえ」

奈美がその目を切なそうに細めた。

「――……それが、若菜さんが亡くならはる前の、秋口やった」

ざわり、からからと、柳の枝が揺れる音がする。そのたびに穏やかだった川の水音が、ぱしゃりと跳ねるのだ。

奈美が胸の前できゅう、とその細い指を組み合わせた。まるで祈るように。

「あの秋、風柳草庵に来てくれはったとき、若菜さんはもう自分が長いことないてわかったはった。それで少しお話をしてね……実はちょっとうれしかったんえ」

いたずらっぽく笑った奈美は、まるで幼い少女のようだ。

「小さいころ憧れてたお兄さんと、いっぱいお話できたから」

そのときの月白は、ひどく饒舌《じょうぜつ》だった。

これまでの来《き》し方《かた》、自分のことを語るように話して。そうして言ったそうだ。

「〝いつか、自分の弟子がここを訪ねてくるかもしれへん。そうしたら、伝えてほしいことがある〟」

――それは今からおおよそ五十年前。奈美はまだ幼く、風柳草庵も今よりずっとつややかで賑々《にぎにぎ》しく客を迎えていたころ。

あの日行われた、扇合《おうぎあわせ》のことを。

――若菜は、京都の絵師を率いる一族の跡取り、東院宗介《そうすけ》の従弟《いとこ》だった。

宗介には弟が二人いて、従弟の若菜が東院本家の跡を継ぐ目はない。若菜の父は寺町《てらまち》を中心にいくつかの画廊を経営していて、息子に跡を継がせるつもりであったという。

だが若菜がまだ幼いころ、父と母が離婚した。

そのころ、一家は岡崎《おかざき》にある大きな屋敷に住んでいた。母は家を出ていって、父もそれからほとんど戻らなくなった。広大な邸の中で、若菜はときおりやってくる手伝いの女性と顔を合わせる以外は、そのほとんどを一人で過ごした。

父はときどき岡崎の家に帰ってきた。仕事が忙しくて帰ることができないと、一言ふたこと言い訳をして、あとは遊び惚《ほう》けている若菜を叱責《しっせき》した。

おまえは東院家の子だ。一生懸命に経営の勉強をして父の後を継ぎ、本家を支えなくてはいけない。

膝詰めで父の小言を聞かされてふてくされながらも、実のところ若菜は、その時間が嫌いではなかった。その間だけは父はまだぼくのことを見てくれている。

そう思うことができるから。

それは週に一度だったのが月に一度になり、三月《みつき》に一度になり、半年が空いて会った父の目に、もう自分に対する愛情が残っていないのだとわかっても。

ずっと知らないふりをしていた。

若菜は夕暮れ時が嫌いだった。いつも遊んでいる友だちがみんな家に帰ってしまうから。長い影を追うように家に帰ると、手伝いの女性が作ってくれた夕食がテーブルに並んでいる。それをもそもそと食べて、あとは星々の輝く長い夜を、じっと耐えるように一人で過ごすのだ。

玄関が開いて、誰かが「おかえり」と言ってくれるのを、ずっとずっと待ちながら。

そのころ若菜は、当時の東院家のみながそうだったように、宗介とともに本家に弟子入りして本格的に絵を習っていた。

その才は誰もが驚くほどに、見事に花開いた。

目にうつる世界がこんなにきれいなものであると、若菜は知らなかった。

筆をとれば、とたんに目の前の世界が鮮やかに色づく。

雨が上がった後の水たまりに、夕焼けがてらてらと反射している。先生に怒られたときには、なんとなく世の中がちょっとだけ薄暗く見えるし、近所のじいさんがときどきくれる大きな飴玉《あめだま》は、不思議なことにいつも宝石のようにキラキラ輝いている。

自分の目にうつった美しいもの、楽しいものを描き出すのに、若菜は夢中になった。

なにより絵を描いているときだけは、たった一人の夜がちっともさびしくなかったのだ。

十八歳のとき。若菜は東院家の屏風展を訪れた。

二つ違いの従兄《いとこ》に久々に会う予定で、それが気が重かったのを覚えている。東院家を継ぐことを決めた宗介に、力を貸してほしいと言われていたのを断ったからだ。

描けば描くほど、若菜はどうしても東院流に染まることができなかった。

繊細な筆遣《ふでづか》いも淡い色も、なにより自分の絵に「これは間違いだ」と朱を入れられることが、どうにも退屈で耐え難《がた》かったのだ。

その屏風展、本家の黒檀《こくたん》の門の前で、若菜は黒い車の助手席から降りる父を見つけた。

そのころどこに住んでいるのか、父は家に寄りつかなくなっていて、顔を合わせてももう跡を継げとは言われなくなった。

ああ、父さん、と声をかけようとした。あとは皮肉ついでに、久しぶりやね、とでも。

伸ばしかけた手を若菜はぴたりと止めた。

車の後部座席に、誰かが乗っている。

きれいな女性だ。父より十ほども年下だろうか。ドアを開けて、父と何か話している女性の横から、ぴょこ、と子どもの頭が突き出された。

「お父さん、いってらっしゃい！」

父が、見たことのない顔で笑っている。

いってきますと手を振った父の前から、車は女性と子どもを乗せたまま走り去った。

体中がじわじわと冷えていく。

ああ、なるほど。

若菜は思わず、はは、と乾いた笑いをこぼした。

こんなことで絶望できるぐらい——ぼくはまだ、この人のことを父だと思っていたのか。

その後、屏風展で人づてに聞いたところでは、父にはどうやら別の家族があるらしい。

内縁の妻と子どもであり、西院《さいいん》の家に住んでいる。

だから父は、帰ってこなかったのだ。

ぼくが一人きりであの邸で、あなたの「ただいま」を待っていた間。

あなたは「おかえり」と迎えてくれる家族の待つ、あたたかな家に帰っていたのだ。

涙も出なかった。ただ心の底から理解した。

ぼくには――とうとう家族がいなくなったのだ。

父は近いうちに再婚し、経営する画廊を、若菜ではなくあの女性との間にできた子どもに継がせるそうだ。

東院家では大人たちを中心にひそやかに、けれどそれなりに知られた話であったらしく、若菜は自分に付きまとう視線がうっとうしくなって、早々に人気《ひとけ》のない縁側に逃げた。

青月に会ったのは、そんなときだ。

「――そこ邪魔え」

振り返った先に、女性が立っていた。

ともすれば祖母ほどの年齢で、涼しげな白の着物にややくすんだ若草色の帯。深緑の二本のラインの上には見事な鈴蘭《すずらん》が刺繡《ししゅう》されていた。

号は青月、本名は久我伊都子《いつこ》。

東院家の遠い分家筋である久我は、扇子作りとその商《あきな》いを生業《なりわい》とする家であるらしい。跡継ぎはなく、この青月も未婚で病《やまい》がちであったため、久我も今の代で終わりかとささやかれているのを、若菜も知っていた。

「あんた――……これから、どうするんや」

顔を上げた先で、青月の眉が気の毒そうにひそめられていた。なるほど、この人はすべてを知っているのだとわかった。

「さあ」

ふざけているのでも達観しているのでもなく、若菜にもわからなかったのだ。

これで若菜が父の跡を継ぐ目はなくなった。父が再婚すれば、若菜は東院家からも邪魔ものあつかいされるに違いない。

なんだかむしょうに心の中が寒かった。

もともと跡継ぎにも東院家にも興味がなかったくせに、向こうから梯子《はしご》を外されるとそれはそれで寒々しい気持ちになるらしい。我ながら自分勝手なものだ。

青月がすとん、と隣に座り込んだ。

ぐっと顔をのぞき込まれる。この人は、相手の目をじっと見つめて話す癖《くせ》があるらしい。色素の薄い、それでいて深みのある茶の目が笑いの形になった。

「あんたさ、絵うまいんやろ」

「……たぶん」

おずおずとうなずくと、青月は時を何十年も戻したような、少女めいた微笑みで破顔《はがん》したのだ。

「じゃあ久我に来《こ》うへん。住み込みでうちの職人になり。あたし絵下手《へた》で困ってるねん」

あっけらかんとそう言った彼女の手を、自分はどうして取ろうと思ったのだろう。

仮にも東院家の縁者のくせに、絵が下手だと言ってのけるそれがちょっと面白かったのかもしれないし、ほかにやることもなかったからかもしれない。

もう一人の夜が嫌で、さびしくて、心細くて。

ぼくにも、一緒にご飯を食べる家族が欲しかった。

そういう理由かもしれなかった。

——青月との穏やかな日々は、若菜の心にゆっくりと染《し》み入《い》っていた。

青月は自分でも言っていた通り、どうにも絵の上手な人ではなかった。きちんとした絵の指導を受けていない人のそれで、とても商売になるようなものではない。

けれど描くのは好きなようで、よく扇子に絵付けをしていたのを若菜は覚えている。

彼女の描く絵と色が、若菜は好きだった。

春の太陽を桃色で塗ると、描いていなくても桜の花を透かしているとわかった。冬の雪を橙《だいだい》で染めると、あたたかな部屋の中から見ているような心地になった。

いつも突拍子《とっぴょうし》もない色を使うのに、それが不思議としっくりなじんでしまう。

それはきっと彼女の見ている世界が、描く絵と同じ色鮮やかで輝いているからだと、若菜はそう思うのだ。

若菜は絵師兼扇子職人として、住み込みで結扇の商売にかかわるようになった。

扇子作りはその多くが分業制で成り立っている。

紙問屋から紙を仕入れ、それを絵師に回して絵付けが行われ、さらに折りの作業に回す。扇骨《せんこつ》職人から仕入れた扇骨と組み合わせ、完成品に仕上げて得意先に卸すのである。

結扇の商売はさほど大きくはなく、得意先の要望に沿って紙や絵、扇骨を手配し、折りから先、組み立てと卸《おろし》までを担《にな》っていた。

卸す数が少なければ、若菜や、結扇に出入りの職人たちが絵付けや箔《はく》の貼りつけを行うこともある。

青月はどちらかというと、そういう小さな商売を好んでいるようだった。

人と顔を合わせ、話し、そうしてその人に一番いい扇子を売る。

そんな人だったから、商売としては開店休業状態、仕事のほとんどは東院家からの斡旋《あっせん》だったがそれも減り続け、利益はほぼなく、職人たちはほとんどが兼業でそのうち結扇からも離れていった。

青月が自分の着物や結扇の調度品を切り売りして、給料を賄《まかな》っていると知ったのはそのころだった。

それでも扇子を続けるのはどうしてかと、一度問うたことがある。

「まあ、久我の家業やしなあ」

それに、と青月はその目をきゅう、と柔らかく細めて笑ったのだ。

「わたしが、扇子が好きやさかいね」

ぱきり、と作りかけの扇子を広げる。親骨の先端をまだ落とし終わっておらず、つけたばかりの糊《のり》のにおいがした。

乾く前のごわごわとした紙が扇型に広がっていく。

「こんな小さいのに、広げたとたんに、絵や、歌や、いろんなものが現れるやろ。それで、こうやって閉じて、いつだって自分のそばに持っておける」

ね、と青月が笑った。

「わたしの一番好きなお道具やわ」

そのとき、若菜は思ったのだ。

この優しくて素直で、縁側でぼんやりしている子どもを拾ってくるような、どうしようもないお人よしが、自分の好きな色鮮やかで輝かしい世界を見続けられるように。

ぼくはいっそう、努力しよう。

商売も絵も、得意なのは若菜のほうだった。

青月の小さな商売を軸《じく》に販路を広げていった。そのころ若菜は「月白《つきしろ》」として画壇で頭角を現し始めたあたりで、その絵の売り上げを注ぎ込むことも、自分の名前を使って扇子に付加価値をつけることも、特にためらう性格ではなかった。

結扇が浮き沈みを繰り返しながら、十年と少しがたったころ。

商売は大きくなり、結扇には専属の職人と従業員が勤めるようになり、若菜が青月の弟子としてその取りまとめを担《にな》った。

そのころ青月は、その年齢もあってか体調を崩すことが増えた。

ぼんやりと遠くを見つめることが増え、日々の生活にも支えが必要になった。

その夏、とうとう布団《ふとん》に臥《ふ》せた青月は、どこかとろりと夢を見るような口調で、そばに控えていた若菜に声をかけた。

「若菜」

かすれたその声が弱々しくて、それに気づかぬふりをするように、若菜はことさら明るく言った。

「何です、お師匠さん」

「おまえに、結扇をあげようか」

怪訝《けげん》そうに眉を寄せた若菜に、青月は久しぶりに、その瞳に生き生きとした光をたたえて言ったのだ。

「わたしより、美しい扇子を作ることができたらね」

——風柳草庵で揺れる柳の影を前に、青藍はふ、と息をついた。

月白は過去を話さない人だった。辛いできごとがあったからというわけではないと思う。

自分が生きているのは今で、歩く先はこれからだという考えの人だったからだ。

だから今、ぼくは初めて、月白さんのことを知っている。

奈美がペットボトルから、青藍と茜、それぞれの湯飲みに茶を注ぎ足してくれた。

「それでその秋、若菜さんと青月さんは、この風柳草庵で扇合をすることになったんやて」

判じ役は、青月の友人であり、この風柳草庵の亭主でもある久三が務めることになった。

そして当時幼かった奈美も、部屋の中でその様子を見ていたのだという。

それが、この写真だと奈美は言った。

二人が持つ扇子に指を滑らせて、奈美がぽつりとつぶやいた。

「古い写真やし、もうずいぶんぼやけてしまってる……でも、よう覚えてる」

向かって右が、青月。

彼女が広げたのは宵月《よいづき》の扇子だった。深い青の地には黒々と影のように東山の峰々が描かれていた。

そこに青い月が昇る。

「銀色のまあるい箔で、その上から、こすりつけたみたいに群青《ぐんじょう》の雲がかかっててね」

夕暮れのほんのすこし後、東山の空から丸い銀の月が昇る。その夜の手前の一瞬を切り取った景色だった。

「優しくて静かで……空から月が見守ってくれてるような、そんな扇子やった」

そして、と奈美の指が写真の上を動く。

「左が若菜さん」

影を煮詰めたような扇子だったと、奈美は言った。

親骨は黒漆《くろうるし》、要《かなめ》だけが白か銀。切り落とされた先端の断面にも絵具が塗り込められていた。

「深い深い、藍色の空やった」

奈美の言葉は思い出をゆっくりとなぞっているようだった。

星のない空に小さく輝く月は、白く淡い光を放っている。その下に、桜の木がごつごつとその枝を空に向かって伸ばしていた。

「花は一つもついてへんかったけど……どうしてやろうな。桜の木やて、すぐにわかった」

月の光を浴びて、ただ心もとなく枝を伸ばすだけの扇子だった。

画壇で話題の「月白」だけあって、深い夜の中、淡い光を浴びて浮き上がる木の質感は見事だった。

けれどなにより――。

「……ものすごさびしい絵やった。見てるだけで胸がぎゅってなって……この人は、さびしい人なんかもしれへんて、わたしそのとき思たんえ」

青藍は、ふいに目の奥がじわりと熱くなるのを感じた。

ではそれは、まちがいなく月白の絵だ。

あの人はいつも楽しそうに人生を謳歌《おうか》し、そしてふいにどこか、さびしそうな顔をする人だったから。

そうして、月白はその扇子を掲《かか》げて青月に言った。

「――この月は師匠、桜は己《おのれ》。ぼくはまだ未熟者やけど、これから長くをかけてこの枝に花を咲かせてみせる。そのさまをあなたに買《こ》うてほしい」

奈美の声の向こうに、月白のそれが重なって聞こえた。

忘れるはずのないあの人の声だった。

この扇合の軍配がどちらに上がったのか、奈美は結局教えてくれなかった。けれど勝ちにも負けにも、大きな意味はなかったのだと青藍は思う。

互いの人生を合わせて判じることなど、誰にもできないのだから。

風がざあっと吹き抜けて、柳の枝がぱちぱちと小さな音を立てるのが聞こえた。耳に染み入るそれを、いつか月白も聞いたのかもしれないと思った。

写真に見入ったままの青藍を気遣うように、茜が隣からそっと問うた。

「じゃあ、ここにあるのがその月白さんの扇子ですか？」

その視線は、青藍と奈美の間に置かれた盆に注がれている。例の小さな黒い箱だ。

青藍は、は、と顔を上げた。月白の遺した桜の扇子がここにある。

見てみたい、と思った。

青藍がその手を伸ばしかけたときだ。奈美が、それをそっと制した。

「あのとき扇合で使わはった扇子は、二本とももうあらへんよ」

「えっ」

青藍と茜の声が重なった。思わず互いの顔をうかがう。

二人ともがあまりに呆けた顔をしていたのだろう。いたずらが成功したとでもいうように奈美はくすくすと笑った。

「青月さんが亡くならはったとき、二本ともお棺の中に入れて燃やしてしまわはった」

体中からずんと力が抜けるようだった。

この美しい扇子はもう、どちらもこの世に残っていないのだ。

「……もったいない」

ほろりと口からこぼれ落ちた。青月の銀箔の青い月も、月白のほのさびしい桜の枝も、もう二度と見ることができない。

淡々と奈美が言った。

「あれは青月さんと若菜さんのものやから。だからそれでええんよ」

それは不思議としっくりと胸の中に落ち、ほんのわずか、さびしさの波紋を広げて消えていった。

茜がおずおずと問うた。

「あの、じゃあその箱は……？」

「これを預かったんは、七年前。若菜さんと最後にお話ししたとき。いつかここを訪ねてくるはずの……きみに渡してくれって」

奈美が、深く息を吸った。

「──これがぼくの、『最後の一本』だ、って」

黒々としたその箱の向こうに、優しかったあの人を見たような気がした。


月白邸の庭を、初秋のからりとした風が吹き抜ける。

その夜青藍は、自室で猪口《ちょこ》を片手に、あの課題の絵と向き合っていた。

最初はただ、桜の枝がごつごつと空に向かって腕を伸ばしていただけの、どこか孤独で物悲しい絵だった。秋にしか花をつけない庭の桜を描いたのだとすぐにわかった。

それから六年間、青藍はこの桜の前で、一筆も入れることができずに過ごしてきたのだ。

ふと、背後から声が聞こえた。

「──青藍さん、約束破りですよ」

その声が山の瑞《は》の上から差し込む柔らかな月の光に似ていると、最近思うようになった。

振り返ると茜が、仕事部屋の大きなテーブルに盆を置いている。たっぷりと水の入った水差しに玻璃《はり》の皿が二つ。

青藍は気まずそうに視線をそらした。

「……わざとやない」

酒を飲むときは肴《さかな》も一緒に。その約束を青藍はすぐに忘れてしまうのだけれど、どういうわけか茜にはすぐに気づかれてしまう。

そうしていつもため息交じりに、こうして盆にいくつか肴を持ってきてくれるのだ。

青い玻璃の皿には、ざる豆腐の冷奴《ひややっこ》。みょうがと葱《ねぎ》がたっぷりとかかっている。近所の専門店で買った豆腐で、固めのこれを塩で食べるのが青藍は好きだ。

もう一皿は醬油で黒々と煮詰めた鮎《あゆ》の佃煮《つくだに》で、夕食にも出たものだった。苦みの強い佃煮は、さっぱりとした日本酒とよく合う。

猪口の中身を青藍が飲み干したのを見計らったのだろう。茜がぽつりと言った。

「開けないんですか？」

その視線の先には、テーブルの上に置いたままになっている、黒い扇子の箱があった。

その中には、月白の『最後の一本』が収められているという。

結局青藍は、風柳草庵でこの箱を開けられないまま持ち帰ってきた。

青藍は猪口を畳の上に置いて立ち上がった。

「月白さんは五十年前の扇合のとき、自分のこれからの人生を、花のない桜の木いう形で青月さんに示さはった」

月白は人を何かにたとえて描くのが好きだった。その多くは動物だったけれど、自分の人生の形をきっと桜に見立てて描いたのだ。

だから、とテーブルの上の黒い箱を見やる。

「あの『最後の一本』には、それから何十年かたって、月白さんが人生の最後に得た答えを描いたはるんやと、ぼくは思うてる」

青月が東山に浮かぶ青銀の月を描いたように、あの扇子にはこれまでの月白の人生がすべて詰め込まれているのだろう。

そしてその『最後の一本』は——ほかでもない月白の意志で青藍に遺された。

これは月白からの挑戦で、最後の課題で……そして卒業試験のようなものなのだ。

青藍はぐっと手のひらを握りしめた。

茜がじっとこちらを見つめている。そのまなざしが柔らかな月光に似ていて、寄り添って見守ってくれているような気がする。

だから心置きなく、踏み出すことができるのだ。

自分が死んだ後、月白にはたった一人残される弟子がどうなるかなど、手に取るようにわかっていた。

そんなとき、庭に秋に花をつけるひょろりと細い桜の木があった。その覚束《おぼつか》なさと弱さと、そしてそれでも空に手を伸ばす一片の逞《たくま》しさに希望を見いだして。

その桜を、いつか自分の描いた扇と同じ、人の生きざまの形として描き残したのだ。

これからいかようにでも彩ってみろと。

この桜の木はこれまで青藍に与えられた、大切なもので埋め尽くされた。

二匹の雀《すずめ》、金色の猫、空を睥睨《へいげい》する鷲《わし》に、尾を振る柴犬。すらりと背筋を伸ばした狐《きつね》と、そのそばに寄り添う子狐、二匹の子猫と……木を埋め尽くすような彩り豊かな花々。

これまで歩いてきた道を、ぼくの心を、すべてこの桜に描ききった。

だから、今そのときなのだ。

かつて青月のこれまでと、月白のこれからを競ったように。

青藍もまた、師匠に……月白に示さなくてはいけない。

己の、これからの姿を。

4

九月も中旬を過ぎ、夏の暑さもようやく収まってきたころ。

夕暮れは灼熱《しゃくねつ》の夏を思い出させるような、鮮烈な赤だった。平安神宮《へいあんじんぐう》に続く神宮通にそびえる巨大な朱色の鳥居が、ゆらゆらと歩道の石畳に長い影を描いている。

その横をかすめるように、茜《あかね》は急ぎ足で帰路についた。

平安神宮の北、ずらりと続く白壁の先に門が、その向こうにはぽつぽつと石畳が続いていて、母屋《おもや》の引き戸につながっている。

いつもどおり玄関の引き戸を開ける手前で、茜は無意識に庭に視線を向けていた。その先にあるのは青藍《せいらん》の離れだ。

ふらふらと引き寄せられるように、庭に足を踏み入れて——。

「——あれ、茜ちゃんおかえり」

その声に茜ははっと顔を上げた。早めに雨戸を閉じるつもりだったのだろう。リビングの掃き出し窓から、陽時《はるとき》がひらひらと手を振っている。

「先に離れ?」

茜とすみれが住まわせてもらっている、離れのことだ。

「あ、いえ……」

茜は言葉を濁したまま視線を先へ向ける。陽時がなるほど、と苦笑した。

「あいつ、出てこないねえ」

青藍と茜が奈美《なみ》のもとを訪れてから、おおよそ半月。あれから青藍は、日々のほとんどを自分の離れに引きこもって過ごしていた。

夕食にはかろうじて顔を見せることもあるが、朝食にはまったく出てこなくなり、そういうときの常で、茜かすみれが仕事部屋の前まで食事を届けるようになった。

ときどき、こういうことがある。

青藍が昼も夜もなく、本気で絵に向き合っているときだ。

いつもなら問答無用で突撃して引っ張り出してくるすみれも、今回はぐっと我慢して、そのぶん毎日心配そうに、庭や離れの周りをうろうろしている。

「こういうの初めてじゃないですけど……でも、やっぱり心配です」

もう半月、まともに青藍の顔を見ていない。

陽時が苦笑した。

「もうしばらくほうっといてやってくれよ。あいつも……今必死だからさ」

その声がわずかに固いのは、彼も緊張しているからだろうか。

「月白《つきしろ》さんと、扇合《おうぎあわせ》だもんな」

月白が残した『最後の一本』と、扇合をする。青藍は確かにそう言った。

今は亡き師匠の、人生の粋《すい》を集めた作品と己《おのれ》の腕を競うのだ。かつての青月《せいげつ》と月白のように、その舞台に自分の人生をのせて。

それはどれほどの重圧で、そして——どれほどの楽しみだろうか。

「絶対に、邪魔なんかできないですよ」

青藍がその瞬間をどれほど待ち望んでいるか、茜だってわかっているから。

夕食の後、茜は盆に肴《さかな》を用意して青藍の部屋に向かった。

塀の間を通るような渡り廊下を抜けた先、青藍の離れから夜の闇に光が漏《も》れ出しているのを見て茜は目を見開いた。

ここしばらくはずっと閉め切られていたはずだ。

廊下に膝《ひざ》をついて盆を置く。そっとその中をのぞき込んだ。

部屋の中で青藍は、黙々と畳に向かっていた。

覆《おお》いかぶさるように和紙に筆を落とす。

小皿に溶かれているのは、深い藍《あい》色、金泥《きんでい》、朱に群青《ぐんじょう》……。

青藍の筆がするりと滑る。小さな扇面《せんめん》の上にぽつりと藍色がにじむ。顔の横を隠す艶《つや》のある黒髪の隙間《すきま》から、その瞳が見えた。

茜は息をするのも忘れて、その姿に見入っていた。

美しい人だ。

空気さえ揺らがないように、開け放たれた障子《しょうじ》の端に、茜は頭を持たせかけた。

筆が紙の上を滑る音がする。

絵具のにおい。

あらゆる色を描き出す人、すべてをうつす綺羅《きら》の瞳。

今この空間はこの人だけのもので。誰も踏み入ることのできない聖域だ。ここでこの人は世界のすべてを描き出そうとしている。

ほう、と茜と青藍、どちらが息を吐いたのか。

ふつり、と緊張の糸が途切れたような気がした。

「――茜」

茜は、は、と顔を上げた。

「なに、そんなところで寝てるんや」

小皿と筆を畳に置いた青藍が、呆《あき》れた顔でこちらを見ている。少し痩《や》せたかもしれない。目の下にはうっすらと隈《くま》が浮かんでいて、それでもその瞳だけが力強い。

「あ、いえ……」

茜が慌《あわ》てて立ち上がった瞬間。

力が抜けたように青藍の指が筆を投げ出した。最後に使っていたらしい金泥が、とたんにぱっと床に散る。

ほろり、と青藍が言った。

「……終わった」

え、と茜は目を見開いた。

そうして慌てて、茜は床に置かれたままの、両の手のひらを広げたほどしかない小さな扇面から視線をそらした。それは、今見てはいけないものだと思ったから。

「お疲れ様です」

「ああ……疲れた」

ぐしゃり、と髪をかきまぜた青藍は、けれどひどくうれしそうに、見たことのないような満面の笑みで言ったのだ。

「でも、楽しかった」

その後、できあがった絵を棚に差し入れたところで、青藍は電池が切れたようにべしゃりと崩れ落ちた。

悲鳴を上げて部屋に駆け込んだ茜には、百八十センチ越えの青年男性を布団《ふとん》まで引きずる力はない。やがてやってきた陽時が布団に放り込んで、たっぷり十八時間眠りつづけ、起きて風呂に入ってまた寝て。

しばらくは体力を使い果たしたように、それを繰り返していた青藍だが、意気揚々《ようよう》と再開されたすみれの〝仕事〟によって、だんだんといつもの調子を取り戻していった。

朝はすみれが起こし、夜は茜のご飯を食べて、夜更《よふ》かしをする前に陽時に布団に放り込まれてぐっすりと眠る。

痩せた頬がなんとか及第点までには回復したのが、九月の終わり。

そして満月が輝く、その夜がやってきた。


空にはひとつも欠けることのない望月《もちづき》が、皓々《こうこう》とその身をさらしている。九月末、中秋《ちゅうしゅう》の名月である。

星も街も明かりという明かりをその身に呑んで、白月が全《まった》き空を支配する。そんな夜だ。

風柳草庵《ふうりゅうそうあん》では南側の障子がすべて取り払われ、月光に浸《ひた》る庭をのぞむことができるようになっていた。秋の風に、やや黄色に色づき始めた柳《やなぎ》が揺れる。

そのたびに、枝先が川面《かわも》にうつし取られた月光をかき消していった。

「──皆様方とこの夜をともに過ごすことができて、過分《かぶん》の幸せでございます」

柔らかな京都の言葉で、そう口上《こうじょう》を述べたのは珠貴《たまき》だった。青みがかった夜の色をした袴《はかま》と着物、羽織には東院《とういん》家の家紋が入っている。

「こちらの先代がご存命のおり、この風柳草庵は茶人みなの憧《あこが》れでございました。この機会に拝見できて、こんなにうれしいことはありません」

淡い月光の中でゆったりと口元に笑みを浮かべるそのさまは、どうどうとしていて、けれどこの雰囲気を損《そこ》ねるような強い感情をのぞかせることはない。

やはり珠貴は静寂《せいじゃく》の人だ。

この扇合の判じ役を、青藍は自《みずか》ら珠貴に頼み込んだ。

青藍と月白の人生を判じるのに、これほどふさわしい人もいないと、茜も思う。

珠貴から見て、左手には青藍。

白の着物に藍色の袴、羽織には久我《くが》家の家紋が染め抜かれている。その前に置かれた小さな盆には、白く細長い箱が一つのせられていた。

その青藍と向き合うように正座しているのは、陽時だった。本当に珍しくこちらも和装で、白地の着物に新緑の袴、同じ色の羽織には紀伊《きい》家の家紋。前の盆にのせられているのは、月白の遺《のこ》した例の黒い箱だ。

陽時は今夜、月白の代わりとしてここに座っている。

さわり、と爽《さわ》やかな秋の夜風が風柳草庵に吹き込んだ。

とたんに薄い雲が晴れたのだろう。さあっと月明かりが、黙って向かい合う青藍と陽時を照らし出す。

空気が凍りつくように緊張している。

茜は、すみれと奈美とともに珠貴のほど近く、壁に背をつけるようにしてじっとその光景を見守っていた。

呼吸一つでこの場を壊してしまいそうで、茜がことさらゆっくりと息を吐き出したときだった。

「では──右、久我家『結扇《ゆいせん》』先代、月白」

珠貴の右手が上がった。静かで凛《りん》と透き通った声が響く。

陽時が両手をついて一礼すると、目の前の小さな箱のふたをそうっと開けた。

その中身を知っているのは、これまで月白ただ一人だった。

それは月白が青月との扇合で披露《ひろう》した、あの黒い扇子《せんす》によく似ていた。夜をたっぷりと含ませたようなその扇子を陽時がそっと持ち上げる。

長い指が要《かなめ》を支え中央をひねるように、ぱきり、とまるで真新しい扇子が開かれるような音がした。

するり、と、夜が広がった。

軽く振るだけで滴《したた》り落ちそうなほど、深い闇を含んでいる。

ぱち、ぱち、と扇面の夜が広がって──それが現れた。

花火のようだった。

深い藍色の夜空に、ぞろりと伸びる桜の力強い枝。そこまでは、かつての青月との扇合のそれと同じ。

けれど『最後の一本』には、花が咲いていた。

桜ではない。

朝顔にバラ、山吹《やまぶき》、梔子《くちなし》、撫子《なでしこ》、秋桜《コスモス》、その合間には紅葉《もみじ》の葉が朱と緑と問わず散り、枝をつたが這《は》い回っている。

朱、銀、群青に黄丹《おうに》、茜、紫紺《しこん》、山吹に草色に縹《はなだ》──……！

百を超える花々が、桜の木々を覆い隠すほど埋め尽くしている。

目の前を彩りが支配していく。

季節も種類も彩りもばらばらで、不自然でぐちゃぐちゃで賑《にぎ》やかでいびつなのに──これほど美しい木はない。

そう思わせる、これが、月白の人生とその腕のすべてを注いだ『最後の一本』なのだ。

花々が揺れている。

陽時の手が震えているのだ。その瞳に淡い水の膜が張っているのが、茜にもわかった。

「……賑やかだなあ」

言葉に詰まった陽時が、何かをぐっとこらえるように視線をそらした。

陽時から受け取った夜の扇子を、青藍の指先がするりとなぞった。

「月白さんは、たぶんさびしい人やった」

だから邸《やしき》にたくさんの人を住まわせ、見守り、慈《いつく》しんだ。それは彼らを救い、そうして月白自身の生きる道も彩ったのだ。

「あの人とぼくたちは、ちゃんと家族やったやろうか」

陽時が両手のこぶしを膝に置いて、うつむいている。肩が震えている。ほろほろと朽《く》ちかけた茶室の畳に涙が散った。

「あのころ――」

ぐい、と腕で涙を拭《ぬぐ》った陽時がようやく顔を上げた。

あのころ、どうしようもなく辛《つら》く、すべてに惑《まど》っていたあのころ。月白《つきしろ》はいつだって住人たちのそばにいた。賑やかでうるさくてあたたかくて。

「――おれたちは、ちゃんと家族だったよ」

風が吹く。空を包む月白の光が、優しく差し込んでいる。

青藍の顔が、ほろりとほころんだ。

「……よかった」

あの人が、さびしいままでなくてよかった。

珠貴がそばに置いていた漆塗《うるしぬ》りの盆を差し出した。青藍がそこに月白の扇子を置く。

青藍が顔を上げた。それに促《うなが》されるように、珠貴の凜とした声がふたたび響く。

「左、久我家当代、春嵐《しゅんらん》」

青藍が、自分の前に置かれた箱から、す、と扇子を取り出した。

最初、月白の扇子とよく似ていると思った。親骨は淡い光をすべて吸い込むような漆黒《しっこく》の漆、要も同じく銀。

夜を描いているとわかる。

青藍のしなやかな指がぱきり、と扇子を開く。する、すると夜が引き伸ばされていくようだった。

真っ暗の何もない空が広がっている。最初そう思って、茜はわずかに眉を寄せた。

それに最初に気がついたのは、すみれだった。

「――あっ、お星さまだ！」

その瞬間、茜にもそれが見えた。

月の光を反射して、きらりと光る星々だ。

一度気がつくとすべてが見えた。

深い漆黒の夜に、より濃く影が浮き出している。黒々とした山々だ。青藍がぱた、ぱたと扇子を広げていくにしたがって――。

ふいに、山の端《は》がほんのわずか赤く焼けた。

夜明けだ。

その扇子は、夜と明けの境目、空には一つ、二つと星が散っている。

扇子の縁《ふち》を染めるように影が落ちている。空を覆い隠すように描かれたのは、うっそうと茂る木々の影だ。葉の形がわかる、風が吹き抜けてざわりと揺れる。

紅葉、樫《かし》、梔子、山茶花《さざんか》……そして、桜。

空に覆いかぶさるように、夜明けを待っている。

ここは、月白邸の庭だと茜にはすぐにわかった。

あの大切な場所から、青藍は――東山《ひがしやま》の夜明けを待っている。

「月白さんは、生きる道のかたちを桜としはりました。だからぼくにも……それを残してくれたんです」

それはこれまで、月白に手を引かれたり背を押されたりして歩んできた道だ。

これから青藍は一人で、自分の歩む先を示さなくてはいけない。

「この空はいまだ星は少なく、右も左も見えへんような深い夜の闇の中にあります。でもいつか……」

青藍がふ、と息をついた。

「この空に綺羅《きら》の星々が輝くように、ぼくはこの明けを歩こう思います」

ああ、きれいだ。

人は美しいものを見ると、そうとしか言えなくなる。茜はそれをよく知っている。

その絵がどうして美しいのか、茜はちゃんと知っている。

色遣《いろづか》いでもその腕でも、知識でも、技術でも、それだけではなくて。

それはきっと、この先を歩むあなたの心が美しいのだ。

左右どちらも夜を描いた扇子が珠貴の前の盆にそろった。見比べた珠貴がほろりと笑う。

「腕は、そら月白さんやわなあ」

年季がちがう、と珠貴が肩をすくめる。なにせ六十年の粋を集めた『最後の一本』だ。

けれど、と珠貴がわずかに瞼《まぶた》を伏せた。

「月白さんは、もう先に進まはることはあらへん。絶対に」

柳の揺れるからからとした音が響く。葉が淡く黄色に枯れ始めている。通り抜ける風が茶室のあちこちをカタカタと揺らせる。

もうすぐこの庭は朽ちて果てるだろう。

時は平等で残酷だ。

「過去は尊《とうと》い。その人が歩んだ道も、描いた絵もときに千年残るほど」

けれどそれは手の届かない宝石のようなものだ。ただキラキラとまばゆく人を引きつけるけれど、決して触れることはできない。

珠貴の左腕が上がる。未熟な星々の瞬《また》く、夜明けの扇子を示した。

「ぼくは、おまえのこの先を見てみたいよ」

青藍がふ、と長い息をついた。肺の底からすっかり吐ききって、力が抜けたように両手を畳に落として空を仰ぐ。

その後こぼした本当に小さな声を、茜はちゃんと聞いたのだ。

「さようなら、月白さん」

さあ、と庭に月の光が差し込んだ。

淡く優しく、すべてを包み込むような光だった。

——扇子の地紙《じがみ》は特別な造りだ。用途によって何枚か重ね合わされたものを使い、間に骨を通すことができるようになっている。

蛇腹《じゃばら》になったそれは、扇面の地紙を型紙で挟み込んで折りたたみ、扇子の形に癖《くせ》をつけたものだ。それに紙の隙間を割るように細い竹を差し込んで、骨が通る隙間を開ける。

そうして整えられた地紙を、青藍はそっと持ち上げた。

蛇腹の山をそっと手で挟んで、ふ、ふ、と息を吹きかけると、骨の通る穴がはっきりと四角く開いて見えた。

扇骨《せんこつ》を開く。

二本の親骨の間に、要できりりと留《と》められた中骨がずらりと並んでいる。一本一本繊細に削り込まれ、光を透かすほど磨かれた竹の骨だ。

海里《かいり》に頼んで、一式手配してもらったものだった。

中骨に大きな刷毛《はけ》で糊《のり》を塗る。親骨をまとめて小指の間に挟んで、さてそこから先はどうだったか、と青藍はわずかに首を傾《かし》げた。

先日やったばかりなのに、まだ手が覚えていない。

ふとあの人の指先を思い出した。忙しい時期には職人が何人いても足りないから、青藍もこの扇子の仕上げ作業——ツケも、地紙の折りも絵付けも、手が空いていれば何でも手伝わされた。

配送するより早いからと、扇骨と地紙を抱《かか》えて職人たちの家を回らされたこともある。

ごつごつと節くれだった指が中骨を器用に——そうだ、親指と人差し指で中骨を広げて、反対の手に持った中骨をくるくると小さく回すようにして地紙の穴に差し込んでいく。

木切れで何度か叩いて形を整える。最後に儀式のように先端をとん、と叩いて、青藍はふと息をついた。

あとは親骨を整えて、長めに作られているその先を落とせば、ひとまず扇子の形になる。

真白の何も描かれてないそれを手に、青藍はふと口元を緩《ゆる》めた。

「——入り」

しばらく前から、部屋の外でこちらをうかがっている気配があった。

茜だ。

茜もすみれも、ここが青藍の大切な場所であることを知っている。いつもは気軽に駆け込んでくるすみれも、青藍が絵具や筆を出しているときには、心得たようにぴたりと障子の前で待っていることがある。

「何してるんや」

「あの、夕食に呼びに来ました。そしたら……お忙しそうだったので」

茜がどこか焦《あせ》ったように言うものだから、青藍は唇の端をわずかに吊り上げた。

それにしてはずいぶんと長い間、そこにいたようだ。

茜にそういうところがあるのを、青藍はとうに気がついている。茜は青藍が何かを描いたり作ったり、そういうところを見るのを好んでいる。

「次からは、声かけられんでもええから入ってこい。中で好きなだけ見ていき」

ばっと茜が目を見開いた。

「いや、あの……そういうわけじゃなくて……っ」

気づかれていないとでも思っているのだろうか。あれだけ、何かとてつもなくきれいものを見るような目を向けてくるくせに。

視線をあちこちへやっていた茜だが、やがておずおずと顔を上げた。

「……邪魔じゃないですか？」

結局その誘惑に勝てないとばかりに問うてくるのが、なんだかかわいらしいと思う。

「邪魔やない」

この姉妹が自分の大切な場所を踏み荒らさないことを、青藍はもう知っている。

茜がほろりと笑う。その瞳の奥に散るキラキラとした光を知るのが、願わくば自分だけであればいいのにと。

ふとそんなふうに思うのだ。

茜がじっと青藍の手元を見つめていた。

「その扇子、またどこかに展示するんですか？」

作品か何かだと思ったのだろう。茜の問いに、青藍は首を横に振った。

「いや。練習やな」

ああ、と茜がほろ苦い笑みを浮かべた。

「珠貴さんですか」

ぐ、と喉《のど》の奥で声が低くなったのがわかった。

月光のもと、扇合の一通りの講評が終わった後。

さて、という言葉を挟んだ後に、珠貴の口からあふれ出してきた言葉のかずかずを思い出したからだ。

――絵は、まあ見れんことあらへんけど、なんやこの扇子は。親骨の熱入れが甘《あも》うてきれいに閉じてへんし、紙も膨《ふく》らんで不細工や。中差しが下手《へた》できれいに穴が開いてへんから扇面がガタついてるし、空気が入って――……。

立て続けに並べられるそれらの指摘は、悔しいことにどれも正しい。珠貴はあれでやはり東院家の当主であり、技術の粋を集めた美しいものを、物心ついたころからずっと見続けている。

結局うんざりとしながらそっぽを向いてしまった青藍に、その場で素直にそれを聞き入れるだけの度量が、まだなかっただけだ。

「……まあ、ぼくも未熟やなて思た」

扇子作りの職人としては、青藍は素人《しろうと》に毛が生えた程度である。

月白の扇子はそうではなかった。あの『最後の一本』は、絵師としての己の絵をめいっぱい引き立てるような美しい造りだったから。

あの人はまだずっと手の届かない遥《はる》か高みにいる。

それが悔しくて、うれしい。

「さすがに、実際の製作は職人さんらに頼むとしても、ぼくがそれなりに作れへんかったら、格好つかへんしなあ……」

青藍の言葉に、茜がきょとんとしたのがわかった。

ああそうか。そういえばまだ、茜には自分の夢の話をしていなかった。それに気がついて、青藍は口元に淡い笑みを浮かべた。

「ぼくは、『結扇』を再開させよう思てる」

じわ、じわと茜の目がまん丸に見開かれていく。

青藍は心持ち視線をそらしたままつぶやいた。

「茜の、おかげや」

「わたし、何もしてませんよ！」

茜がぶんぶんと手を振っている。

「茜が夢を見つけて頑張るて決めたやろ。それを見てぼくも……一緒に頑張ろうと思た」

人の心は存外単純だ。

誰かがそばで懸命に生きている。だから自分もそうしようと思った。

それで、月白の形見の長持ちを開けようと決心がついたのだ。

「ぼくはもっと、ぼくの絵を誰かに見てもらいたい。そのために、月白さんや久我の人らが残してくれはった『扇子屋』てかたちを使わせてもらおうと思てる」

ずっと高いところで空ばかり見て、たった一人だったこれまでとは違う。

月白に手を引かれて歩いてきた、これまで、はおしまいだ。

これから、たくさんのことができる。

いつか人生の終わりに、何もなかった漆黒の空を、歩んできた道々で見つけた美しい星々で埋められるように。

茜が立ち上がった。

頭半分ほど低いところから、こちらを見上げるその瞳が、水をたたえたように揺れて。

やがてうれしそうに、くしゃりと笑った。

5

四月一日。

頬をなぞるあたたかい風は、たっぷりと春のにおいを含んでいる。

草木が萌《も》える、胸の内がそわそわと震えるようなにおいだ。それから、昨日降った雨の名残《なごり》のわずかな湿度、ひときわ香りが強いのは水仙《すいせん》と沈丁花《じんちょうげ》、そしてそのはざまにわずかに香る——桜。

どう、と風の塊《かたまり》が、月白邸《つきしろてい》の庭を吹き抜ける。

茜《あかね》はすっかり伸びた髪が、ばたばたとちぎられそうになびいているのを感じていた。胸ほどまで伸びたそれをかき上げて、青い空を見上げる。

桜の花びらが舞い上がるそのさまは、春の嵐のようだった。

「茜ちゃん、もうすぐ朝ごはん！」

リビングの掃き出し窓から、すみれがぶんぶんと手を振っている。洗濯物の最後の一枚を物干しにかけると、茜は掃き出し窓からリビングへ戻った。

「ありがと、すみれ」

かごを置いてキッチンへ入ると、すみれが得意げに卵焼き用のフライパンを掲《かか》げた。

「茜ちゃん、ちょっと見てくれない？」

長方形のフライパンには、やや崩れた卵焼きがほかほかと湯気をたてている。最近すみれが作るのにはまっているらしく、牛乳を入れたりメープルシロップや砂糖を入れたり、ハムやソーセージを巻いてみたりと、あれこれ工夫をしている。

たまにとんでもない味になるものもあるが、本人が楽しそうに研究しているので、最後まで食べきることを条件に、茜も好きにさせているのだ。

「……牛乳入れすぎると、あんまり固まらないんだね」

ほろほろと崩れた卵焼きの前で、むう、とすみれが腕を組んだ。

今日の卵焼きは、牛乳たっぷりのふわふわで甘めらしい。

月白邸には卵焼きはだし巻き卵がいいと無言で主張する人間が一人いるのを、茜は知っている。すみれが作ったものだからきっと食べてくれるだろうけれど。

「大丈夫だよ、すみれ、上手になったし」

茜はそう言って、冷蔵庫から使いかけのソーセージを一人二本ずつ取り出し、ちょうど春らしいアスパラガスをさっと洗って茹《ゆ》でておく。

ふふん、とすみれがどこか誇らしげに胸を張った。

「あたりまえだよ。だってわたし、茜ちゃんの一番弟子なんだから」

その自慢の仕方もどこか見覚えがあって、茜は思わず声を上げて笑った。

すみれは今日、小学四年生になった。今まで自分のことを「すみれ」と言っていたのが、いつのまにか、「わたし」になって背もぐんと伸び始めている。

てっぺんでくくった髪が、前はずっと下のほうにあったのになあ、なんて懐《なつ》かしく思いながら、茜は茹であがったアスパラガスをざるにあげた。

朝、すみれが買ってきてくれた焼きたての食パンを分厚めに切る。トースターでちょっと温めて、テーブルの上にはバターと蜂蜜。

さっと炒《いた》めたソーセージとアスパラガスを、すみれが切り分けた卵焼きの横に添えた。

ちょうどとそのときだ。

暖簾《のれん》を上げてリビングに入ってきたのは、陽時《はるとき》だった。

「おはよう、茜ちゃん」

まばゆい太陽の色の髪が、キラキラと朝日に輝いている。少しばかり長めに整えたその髪を、最近はワックスでくしゃりと癖毛《くせげ》ふうにするのにこだわっているらしい。

春らしい柔らかな白のセットアップをこうも見事に着こなすことができる人を、茜はこの人ぐらいしか知らない。

その後ろからのそりと姿を現した青藍《せいらん》に、茜はわずかに目を見開いた。

「どうしたんですか、二人とも。今日は改まったお仕事ですか?」

今日は青藍も着物ではなく、薄いグレーのセットアップだ。この人も手や足がやたらと長いので、こういうすらりとした服がよく似合うのだ。

何を言っているのだという顔で、青藍がぐっと眉を寄せた。

「おまえの入学式やろ」

「えっ」

顔が引きつったのは、茜のほうだった。

四月一日、今日は茜の、大学の入学式である。

茜はこの春から、京都にある大学の国際学部教育学科に入学した。

つまりこれから茜は——学校の先生を目指すのだ。

その夢を月白邸でみなに話したのは、願書提出締め切りの夜だった。学校の、できれば高校の先生になりたい。そう言った茜の夢を、青藍も陽時もすみれも応援してくれた。

受験本番直前には、三人でキッチンをぐちゃぐちゃにしながら、三食用意してくれたし、合格発表の日は、茜よりも青藍と陽時のほうがずっと緊張していた。

そして晴れて、今日から茜は大学生だ。

けれどその輝かしい第一歩を、今踏み外しかけているかもしれない。

「もしかして、二人とも入学式に来る気ですか？」

陽時がきょとん、と首を傾《かし》げる。

「あたりまえでしょ。おれそのために、おととい髪切ってきたんだし。青藍なんか、一週間ぐらい前からあれこれ服選んでたんだから」

「余計なこと言うな」

じろりとにらみつけられて、陽時がひょい、と肩をすくめた。

どうしよう、と茜は唇を結んだ。

大学というのは、高校までと違って決まったクラスがないことが多い。授業の選択も自由度が高く、教室に行けばいつも同じ人がいるとはかぎらない。

つまり、これから何年かをともにする友だちを作るには、ひとまず入学式が勝負らしいのだ。

茜は恐る恐る顔を上げた。

この人たちが保護者として来て、はたして自分に友人ができるだろうか。近づき難《がた》いとか思われるんじゃないだろうか。

「……あの、青藍さんも陽時さんも忙しいんじゃないですか？」

「大丈夫や。仕事は昨日までに終わらせた」

こういうときばかり真面目《まじめ》である。どう見ても来る気満々だ。

そういえば、と青藍が顔を上げた。

「入学式終わるころに、涼《りょう》呼んだあるさかい。今日の写真撮らせる」

青藍は涼のことを忠犬だと思っているので、当然のように、さらりとそう言った。涼のほうも青藍に呼ばれれば二つ返事でほいほい行くと言ったのだろう。

また目立つ、と茜はぐう、とため息をついた。

月白邸のリビングには、写真が増えた。

一番最初、門の前で撮った〝家族〟写真。それから、月白《つきしろ》と住人たちのかつての写真が並んでいる。

その横には、紅葉《もみじ》の季節に四人で行った貴船《きぶね》の写真、クリスマスに遊雪《ゆうせつ》と海里《かいり》、涼が遊びに来たクリスマスパーティーの写真。正月に撮った珠貴《たまき》と青藍の兄弟写真が、ほかの写真の後ろに隠されているのは、まだ青藍にとっては複雑だからなのだろう。

再開した結扇《ゆいせん》の屋号を、青藍が描いたときのもの。第一号の扇子《せんす》を茜とすみれが笑顔で掲げている。茜の合格が決まったときに撮った記念写真、茜が春休み、友だちとの卒業旅行で行ったテーマパークの写真。

そろそろキッチンカウンターには置ききれなくなったので、テレビの前にも浸食しているのだ。

こうして増えていく写真を、どうやら青藍は気に入っているらしい。

席について手を合わせる。

すみれの卵焼きは、ほろほろと甘く口の中でふわりととろける。厚切りのトーストからじゅわりとバターが溶け出して、幸せの味がした。

トーストに蜂蜜を垂らしながら、茜は最後の望みで、そろりとすみれを見やった。

「すみれは、ほら、お友だちとかは……」

口いっぱいにソーセージを詰め込んでいたすみれは、ごくりと飲み下した後であたりまえのように言った。

「わたしも行くに決まってるし」

そういえばすみれのエプロンの下は、春休み中なのに制服である。

「わたし、オリエンテーションとかあるから、あんまり一緒にはいられないんだよ?」

「いいよ。ちょっとでも、一緒だったら」

だって、とすみれの声が小さく震えた気がした。

「茜ちゃん、……もうすぐ、ここからいなくなっちゃうんでしょ」

春の強い風が、庭を吹き抜けた。

茜の通う大学は、希望すれば海外の姉妹校に十二カ月以上の留学が可能だ。茜は入学時のアンケートで、すでに長期の留学を希望していた。

早ければ一年生のうちから準備が始まるし、そのためには今のうちに、アルバイトで少しでもお金を稼《かせ》ぎたい。この春から涼の紹介で、茜はすでにＥａｓｔＧａｔｅの事務として週に数日のアルバイトを始めていた。

少しずつ、茜も自分の道を歩み始めている。

「うん。ちょっとだけ遠くに行くかも」

もっと広い世界を自分の目で見たい。知りたくてたまらない。

でもそう決めることができたのは——帰ってくる場所が、しっかりとここにあるからだ。

「でも、ちゃんと帰ってくるよ」

茜の家は、青藍と陽時と、そしてすみれがいる場所だから。

全員で朝食の後片付けをして、時間はちょうど午前八時。

がらり、と玄関の引き戸を開ける。

見上げた空はゆったりと春の雲が白い尾を引いていた。

陽時が引き戸に鍵をかける、かちりという音。

石畳を青藍の長い足がわたっていく。すみれがその隣で、学校の桜がそろそろ咲きそうだという話をしていた。

茜の横を通り抜けた陽時が、電車に遅れると焦《あせ》っていた。車ではなくあえて電車を選んだのは、これから通う茜のために、早く慣れたほうがいいからと陽時が言ってくれたのだ。すみれが駆けるように、陽時が朗《ほが》らかに、青藍がゆったりと。

それぞれの道を前に歩んでいく。

茜は、ふと振り返った。

これからどこに行くことになっても、必ずここへ戻ってくる。ここは茜の、かけがえのないおうちだから。

「いってきます」

春の風に吹かれて、茜もまた一歩、歩きだしていく。

主要な参考文献

『定本　和の色事典』内田広由紀（視覚デザイン研究所）二〇〇八年
『地図で読む　京都・岡崎年代史』小林丈広監修　京都岡崎魅力づくり推進協議会（京都岡崎魅力づくり推進協議会）二〇一二年
『花ことば――起原と歴史を探る――』樋口康夫（八坂書房）二〇〇四年
『花ことば　花の象徴とフォークロア』上・下　春山行夫（平凡社）一九九六年
『死者の花嫁　葬送と追想の列島史』佐藤弘夫（幻戯書房）二〇一五年
『平安朝の生活と文学』池田亀鑑（ちくま学芸文庫）二〇一一年
『死者の結婚　祖先崇拝とシャーマニズム』櫻井義秀（北海道大学出版会）二〇一〇年

NYAN
PiEN

※この作品はフィクションです。実在の人物・団体・事件などにはいっさい関係ありません。

集英社オレンジ文庫をお買い上げいただき、ありがとうございます。
ご意見・ご感想をお待ちしております。

● あて先
〒101-8050　東京都千代田区一ツ橋2-5-10
集英社オレンジ文庫編集部 気付
相川　真先生

京都岡崎、月白さんとこ

星降る空の夢の先

集英社
オレンジ文庫

2023年10月24日　第1刷発行

著　者　相川　真
発行者　今井孝昭
発行所　株式会社集英社
〒101-8050東京都千代田区一ツ橋2-5-10
電話【編集部】03-3230-6352
【読者係】03-3230-6080
【販売部】03-3230-6393（書店専用）
印刷所　図書印刷株式会社

ISBN 978-4-08-680523-0 C0193

相川 真
京都伏見は水神さまのいたはるところ
（シリーズ）

①京都伏見は水神さまのいたはるところ	東京に馴染めず祖母が暮らす京都にひとりで引っ越したひろを予期せぬ再会が待ち受ける…！
②花ふる山と月待ちの君	幼馴染みの拓己と水神のシロに世話を焼かれて迎える春。ひろにだけ聞こえた雛人形の声とは。
③雨月の猫と夜明けの花蓮	高校2年になり進路に悩むひろ。将来を決められずにいる中、親友の様子がおかしいようで…？
④ゆれる想いに桃源郷の月は満ちて	台風一過の秋。ひろは自分と同じように人ならぬ者と関わる力を持った少女と出会うが…!?
⑤花舞う離宮と風薫る青葉	実家の造り酒屋を継ぐ拓己の心境に変化が!? さらに学生時代の彼女も突然訪問してきて…。
⑥綺羅星の恋心と旅立ちの春	拓己の東京行きが決まり、ひろは京都の大学へ。ずっと一緒のシロとの関係も変化していき…。
⑦ふたりの新しい季節	告白から4年。恋人になっても幼馴染みの距離感から抜け出せない二人が、新たな謎を解く！
⑧藤咲く京に緋色のたそかれ	平安、江戸、幕末、現代。時を超え、この地と人間を愛した水神シロの記憶を紐解く番外編！
⑨ふたりの春と翡翠の空	デートの当日、拓己が体調を崩した。前日に桃山の幽霊屋敷に行った事が原因のようだが…？

好評発売中

集英社オレンジ文庫

喜咲冬子

やり直し悪女は国を傾けない

～かくも愛しき茘枝《ライチ》～

淑女の慎みを守り続けた末に悪女にされた
人生を“思い出した”8歳の玲枝。
二度目の人生は悪女になる前に死を
選ぼうとするが、仙人のような青年に
「貴女が死ねば国が滅びる」と説得され!?